るさ

重松　清

朝日文庫

この作品は二〇〇一年十一月、朝日新聞社より刊行されたものです。文庫化にあたり、
原題『セカンド・ライン　エッセイ百連発！』を改題し、内容を再構成しました。

明日があるさ●目次

マンモス西を探して　13

若いひとたちへ

家族とオヤジに向けて

一九七〇年代型少年／二〇〇〇年代型中年

明日があるさ

マンモス西を探して

たいせつな相棒の、最後の——真っ白な灰になって燃え尽きるための試合に、立ち会うことのかなわなかった男がいる。

ボクシングの世界で生き抜いていくには才能や克己心が足りなかったが、気のいい男だった。関西弁を話す。好物はうどん。かつて少年鑑別所のボスだった彼は、パッとしなかったボクサー生活に見切りをつけて下町の乾物屋の婿養子におさまり、物語から静かに忘れ去られていった。

『あしたのジョー』の脇役、マンモス西の話である。

物語の終盤、ホセ・メンドーサとの世界タイトルマッチを目前に控えたジョーは、西と乾物屋の一人娘・紀子の結婚式に招待されて、短い祝辞を述べる。

「ちんまりおとなしくおさまりやがって、模範青年。こんなかわいい嫁さんをものにして……。まあ、せいぜい幸せになってくれや」

それが、西の登場する最後の場面になった。

世界タイトルマッチの会場——カーロス・リベラやウルフ金串、少年院時代の仲間、ドサ回り拳闘の連中といったジョーゆかりの面々が客席に顔を揃えた日本武道館に、西の姿はなかった。セコンドにつく丹下段平のそばにもいない。テレビで観戦したりラジオ中継を聴いたりするシーンも描かれない。真っ白な灰になるために闘い、望みどおり燃え尽きたジョーの姿を、西は見ることができなかったのだ。

『あしたのジョー』を「少年マガジン」連載時にリアルタイムで読んでいたぼくは、そのとき小学五年生になったばかりだった。なぜ西がいないのか不思議でしょうがなかった。あれほど仲の良かった二人なのに、と少し寂しくもなったし、もしかしたら高森朝雄（梶原一騎）とちばてつやの作画コンビは西を登場させるのをうっかり忘れてたんじゃないか、とさえ思ったのだった。

だが、三十八歳のいま、ぼくは西がジョーの最後の試合に立ち会わなかったことを、かすかな胸の痛みとともに受け容れる。西は武道館に行くべきではないし、テレビやラジオでジョーを応援すべきでもない。燃え尽きて真っ白な灰になるかつての相棒に背を向け、物語の外にはじき出されてしまうことで、西は、真っ白な灰ではない——ジョーの言葉を借りれば「燃えかす」としての生を得たのではないか。

真っ白な灰は、確かに美しい。しかし、美しすぎるよな、とも三十八歳のぼくは感じる。燃えかすの残る人生や不完全燃焼でくすぶりつづける暮らしだって、まんざら捨てたものじゃないだろう、というふうにも思うのだ。

＊

燃えかすを、「余り」と言い換えてみようか。小数や分数を学ぶ以前の、割り算の初歩中の初歩、「7割る3は、2余り1」の「余り」である。

ぼくの書くお話には、必ず「余り」が付いてしまう。『ナイフ』も『ビタミンF』も、お話の表面に置いた出来事にはとりあえずケリがついても、根本的な問題は残ったまま、という構図ばかりだ。きれいに割り切れて答えの出るお話はなかなか書けないし、たぶん書こうともしていないのだろう。「余り」付きの居心地の悪さにこそ、いまの時代を生きるリアリティがあると思うから……なんて言うとカッコつけすぎだけど。

ぼく自身、「余り」付きの男である。「重松清」は「作家」では割り切れないし、「フリーライター」で割っても「余り」が出る。それぞれの「余り」の部分が、ぼくの重心をあいまいにさせる。「ライターの仕事をつづける作家」に引き寄せられたかと思えば、また逆に「フィクションを書くフリーライター」に傾いていく、その繰り返しで「重松清」は、まあ、とりあえず、文章をお金に換えて生活しているわけだ。

中途半端な奴——たぶん、そうだと思う。ハンパしてて、ゴメン。

だけど、誰にだって「余り」はあるんじゃないか？　自分でもうまく整理できないところ、納得しきれないところ、収まりの悪いところ、断ち切れない夢、忘れられない思い出、消し去れない後悔、他人には説明しづらい違和感、考えるたびに背中がむずがゆくなること、赤面すること、急に腹立たしくなること、居ても立ってもいられなくなること、胸が熱くなること、頭を抱え込みたくなること……。

ふだんは意識しなくても、「余り」はときどき、愚痴や深酒や八つ当たりや苦笑いやため息に姿を変えて現れる。優しさや、せつなさ、甘酸っぱさとともににじみ出る「余り」だって、きっとある。

ぼくはそんな「余り」が、ろくでもないものも含めて、丸ごと、好きだ。そして自分のつくるお話が、「余り」を抱えたひとたちの、その「余り」の部分に届いて、共振してくれれば、と願っている。

＊

『あしたのジョー』を読み返してみると、西とジョーの別離は決して唐突ではなかったことがわかる。二人が徐々に離れていく過程は、文字どおり物語の「余り」のようにひそやかに、しかし確かに描かれている。

カーロス・リベラとのエキジビション・マッチの前夜、西は乾物屋の決算日のためにジムを訪ねなかった。試合当日も増築工事の真っ最中で店が忙しく、セコンドに付くことができない。ジョーの独白――「いつもなら、どんなことがあっても、俺の試合があるとなれば飛んできてセコンドに付いてくれたのにな……」。

後楽園球場を舞台にしたカーロスとの再戦前、ジムを訪ねた西にジョーはまず「商売のほうはどうだい、もうかってまっか」と訊く。これはもう、現役の相棒への言葉ではない。スパーリングの相手を務めようかと西が申し出ても、ジョーは「よせやい、おまえみたいに現役を離れ、ブヨブヨにむくんだのを相手にしたら、こっちまで鈍くなっちまわあ」。さらに店の仕事で急用ができてジムをひきあげる西に、「おまえ忙しいんだろ、無理して来なくたっていいよ。商売を大事にしろ、商売を」と告げるのだ。

西はその後も物語に何度か登場するものの、相棒としての役割は、ジョーの「商売を大事にしろ」という言葉で終わっていたのだろう。金龍飛と闘った東洋タイトルマッチにも、ハリマオとあいまみえた防衛戦にも、西の姿はない。髪を七三分けにした西は毎日仕事に追われ、ジョーは真っ白な灰になるための彷徨と闘いをつづける。

燃えかすの残らない真っ白な灰になりたいというジョーの願いを、物語のヒロイン・白木葉子はこう言い換えた。

「死を自覚した手負いの野獣が、ただひたすら死に場所を探し求めてさまよっているみたい」

ジョーは、西をスパーリングのリングに上げなかった。聖域に足を踏み込ませなかった。もうジムに顔を出さなくてもいい、とまで言った。

だが、それは、ジョーが相棒に寄せた最初で最後の優しさではなかったか、と思う。おまえは真っ白な灰になるな、燃えかすを抱いたまま——生きろ。ジョーは西にそう伝えたかったのではないか。燃え尽きる美学に殉じる者と、燃えかすの残るみっともない生を、それでも精一杯に生きつづけなければならない者との、訣別。ぼくは二人の別れの場面をそんなふうに読みたいのだ。

世界タイトルマッチの最中、ホセ・メンドーサは倒されても倒されても立ち上がるジョーにおびえ、こんな言葉を吐く。

「ジョー・ヤブキは廃人になったり……死んだりすることが恐ろしくないのか……？　彼には悲しむ人間が一人もいないのか……？」

会場には、西だけでなく、タロー、キノコ、トン吉、サチといったドヤ街の悪ガキたちも来なかった。高森朝雄とちばてつやは、燃え尽きて真っ白な灰になった「ジョー兄い」の姿を、ジョーがこよなく愛した子どもたちの目には触れさせなかった。

ジョーは「悲しむ人間」が物語から途中下車したことで、最後の闘いをまっとうできたのかもしれない。一方、西や悪ガキたちは、『あしたのジョー』という物語からはじき出されたことで、彼ら自身の生を生きていけるのかもしれない。

ぼくは、真っ白な灰になったジョーに胸の片隅で憧れながら、しかし、燃えかすだらけの西や悪ガキたちの生を支持する。くすぶりの残る日々の暮らしを、肯定する。

裏返せばそれは、オジサンと呼ばれる歳まで不格好に生きてきた自分自身を、なんとか支持したい、肯定したい、という自己弁護の一種でもあるのだろう。

＊

何人かのジョーが、ぼくの前を通り過ぎた。比喩ではなく斎場で真っ白な灰になった相棒もいるし、かつて東京の片隅で生きていたという痕跡をなにも残さずに行方知れずになってしまった仲間や、心が燃え尽きてしまって、長すぎる余生をうつろなまなざしとともに過ごす知り合いもいる。

ジョーになりたくてなれなかった男たちは、もっとたくさんいる。たぶん、ぼくもその一人だ。ジョーになれたかもしれない分岐点はいくつかあったような気もするし、そんなのしょせん幻だったんだぜ、とも思う。「青春」を定義づけるなら、「誰もがジョーになれたかもしれない日々」というのも、あり、かもしれない。

自分がジョーではなく西のタイプだと気づいたのは、いつ頃だっただろう。西であることに負い目や自己嫌悪を抱いていたのは、いつ頃までだっただろう。

いまだってジョーへの憧れが消えたわけではないし、もう会うことのかなわない古い友だちの顔を思いだすたびに、燃えかすをこびりつかせて「ブヨブヨにむくんだ」いまの自分が恥ずかしくもなってしまう。

それでも、恥ずかしくなったあと、「ま、いいか」と笑えるようになった。ずうずうしくなったのだと思う。

二昔前に革命を夢想した若者は「われわれは『あしたのジョー』である」と言って隣国へ旅立った。

そのひそみにならうなら、ぼくは中年の日々を「わたしはマンモス西である」という言葉とともに生きていきたい。

いつも胸を張る必要はない。肩をすぼめ、背中を丸め、ときには膝をつき、頭を抱えてへたり込むことがあっても、ただ決して燃え尽きることなく、といって燃え尽きない自分を恥じることなく、退屈で平凡な日々を、ありきたりの幸せや不幸せをひとつずつきちんと嚙みしめながら、過ごしていく。それはじつはすごく難しいことだと思うし、だからこそ、かけがえのないことなのだとも思う。

燃えかすとの付き合い方を、少しずつ覚えたい。燃えかすも、そこそこ溜まれば、それなりの意味がある。石炭を蒸し焼きにしたあとのコークスのように、もう一度燃やすことだって、できるかもしれない。

燃えかすだらけ――でかまわない。さっきの割り算の比喩で言うなら、「重松清」そのものが「余り」のような存在であればいい。

できれば、素数。

目障りでうっとうしい？　じゃあ、割り切ってみやがれ。

素数は、その数と1以外では割り切れない。

「重松清」割る「重松清」、イコール1――俺は、俺だよ。

「重松清」割る1、イコール「重松清」――やっぱり、俺だ。

お話に必ず「余り」を付けてしまうぼくは、「余り」を主人公やモチーフにすることも少なくない。たとえば『エイジ』で描きたかったのは、「中学生」を「少年犯罪」で割ったときに「余り」になるタイプの少年たちの日常だった。『ビタミンF』のオジサンたちは皆、良き父親にならねば、と滑稽なまでの奮闘をつづけながら、理想の父親になりきれない「余り」の部分で、ぶざまにつまずいたり空回りしたりする。『定年ゴジラ』の定年組のオジサンの毎日なんて「余り」そのものだし、教師を好んで主人公にするのも、彼らが教室の中での「余り」だからかもしれないし、敵と味方の狭間に一人の少年や少女を置くいじめは、人間関係の「余り」が最も陰湿なかたちで出たものだとは言えないか?

「余り」の書き手が綴る、「余り」たちの「余り」付きの物語――。「余り」を「ハンパ」に一括置換してみると、なるほど、ほんとうに冴えない物語ばかり紡いでいる冴えない書き手なんだなあ、と思い知らされる。

それでも、ぼくは「重松清」でしかいられない。出版社から注文があるたびに、手持ちの燃えかすで火を起こしたり、身近なものを燃やして、燃えかす付きで読者に差し出したりする。いままでがそうだったように、これからも、おそらく、ずっと。

注文がなくなれば、この商売、すぐにやめるから。「重松清」が大嫌いなひとも、「重松清」の書くお話に唾を吐きたいひとも、もうしばらく辛抱していただきたい。

＊

ときどき思う。

西は、いま、なにをしているのだろう。

乾物屋の商売は順調だろうか。子どもは何人だろう。ドヤ街の悪ガキたちと、いまでも付き合いはあるのだろうか。奥さんの紀子さんは、ほんとうはジョーが好きだった。知っていたのかな、西は――知っていただろうな、きっと。

ジョーを懐かしむことはあるだろうか。「昔、矢吹丈いうボクサーがおりましたやろ」なんてお客に話したりして、ひとしきり思い出話で盛り上がったあと、どんな表情を浮かべるのだろう。

もしも西に会えたなら、ひとつだけ訊いてみたい。ジョーの最後の試合――あのとき、あんたは仕事が忙しくて行けなかったのかい？　それとも、わざと行かなかったのかい？

その答えを知りたくて、ぼくは「余り」付きのささやかなお話を書きつづけているのかもしれない。

（「鳩よ！」２００１・９）

若いひとたちへ

友だち三人できるかな

「いちねんせいに　なったら」という歌がある。友だちが百人になったらお山のてっぺんでおにぎりを食べるんだ——だれもが小学校入学前に歌ったはずだ。三十年前のぼくも歌った。元気いっぱいに。

でも、ぼくはいま、この歌を聴くたびに、胸になんともいえないざらついたものを感じてしまう。

友だち百人。できるわけないじゃないか。百人もつくろうと思ったら、「友だち」の範囲をどんどん広げて、たとえば自分をいじめるやつだって友だちなんだと思わなきゃいけなくなってしまう。仲間はずれが怖くなって、いつも群れたりつながったりしていないと不安になってしまう。

歌のせいじゃない。でも、「友だちのたくさんいる子がイイ子なんだ」と決めつけるオトナって、けっこう多い。

一年生になったら、友だち三人できるかな。幼稚園のころにそんな替え歌で歌っていたら、みんなちょっとだけ楽になれたかもしれないね。

（「朝日新聞」1999・3・10）

同じでも「一つ」じゃない

二十年近く前の大学時代に、こんな出来事があった。友だち三人で酒を飲んでいたときのことだ。

どんな話の流れだったかは忘れてしまったが、中学、高校時代を山口県の瀬戸内海沿いの町で過ごしたぼくが「満開の桜を見るとクラス替えのドキドキを思いだすんだよな」と言うと(ガキの頃の片思い歴でも披露しあっていたのかな)、宮崎県出身の友だちに不思議そうに「なんで?」と聞き返されたのだ。

彼にとって、風に乗ってはらはらと落ちる満開の桜の花は、三月の卒業式の風景とともにあるのだという。

「そうかなあ」とぼく。「桜は入学式っていうイメージだけどな」

「違う違う」彼は即座に言い返す。「卒業式や受験のシーズンに咲くから、合格の電報は『サクラ、サク』だろ」

「でも、ピッカピカの一年生のCMには桜がつきものだぞ」「それを言うなら、マンガの卒業式のシーンだって桜吹雪が定番だぜ?」「だったら、なんでお花見の場所取りが新入社員の役目なんだよ」「知らねーよ」「なんだよおまえ、その言い方」……。

思いがけず険悪な雰囲気になってしまったとき、それまで黙っていた秋田県出身の友だちが、ぽつりと一言――「俺らはゴールデンウィークに花見をするぞ」。

話としては、それだけのことである。だが、桜の季節が巡り来るたびに、そして小説で春の場面を描くたびに、ぼくはそのやり取りを思いだしてしまう。「物事を見るときや語るときに、そうじゃない角度だってあるんだというのを忘れるなよ」と教えられたような気がするのだ。

似たようなことは、ニュースの天気予報を観るときにも感じる。春の風物詩「桜前線」や秋の「紅葉前線」、あるいは「初雪の便り」や「一足早い春の訪れ」の映像には、季節感の演出を超えたメッセージが、こっそりと（たぶん送り手にはその意識もなく）込められているのではないか。

ぼくたちは「日本が冬ならオーストラリアは夏、日本が昼間のときアメリカは夜中」とはわかっていても、日本のなかの細かな、しかし確かな違いについては、つい忘れてしまいがちである。

だが、東京で桜が満開の頃、沖縄では海開きのイベントがおこなわれ、北海道にはまだ雪の消えない町がある。東京は雨、大阪も雨、しかし博多は晴れ。東京の空が白んでくる午前五時、長崎の空には星が瞬いている……。

同じ日本でも、同じじゃない。べったりと一色に塗りつぶせるものなんて、なにもない。昨今の若い世代をめぐってしばしば言われる「他者が見えていない」とは、結局のところ、三月や五月にお花見をする町があるんだと気づくかどうかじゃないか、と自戒を込めつつ、ぼくは思う。ついでに、「子ども」「家族」「教育」もすぐに一色に塗りつぶされちゃうんだよなあ、とも。

うろ覚えの記憶なので正確な引用ではないが、かつてオノ・ヨーコさんはこう言った。

「私たちの目の高さは、蟻にとっては大空なんです」

ぼくの大好きな言葉である。

（「日本経済新聞」２００１・４・17）

護心用のナイフ

昨年秋に『ナイフ』と題する作品集を上梓した。表題作は、イジメに遭う息子を守るために臆病な父親がナイフを背広のポケットに忍ばせるというお話である。刊行直後は「なぜナイフなのか」とよく尋ねられ、「ポケットに入るから」と答えては怪訝な顔をされていたのだが、最近では逆に「やっぱりナイフなんですね」と先回りして納得する人が増えてきた。

だが、「やっぱり」は、むしろポケットの方ではないのか?

たとえ販売自粛や所持品検査で少年たちのポケットからナイフが消えたとしても、きっとそこからはまた新たな何かが出てくるだろう。ポケットは彼らが肌身離さず持ち歩ける唯一の〝私空間〟なのだから。

少年の夢をかなえるものをポケットから次々に出してくれるドラえもんが、「のび太くん、そんなにいまがつらいんなら、はい、これ」とナイフを手渡した……。ぼくは、一連のナイフ犯罪に、そんな光景を思い描いてしまうのである。

思い描く光景は、もうひとつ。十数年前に教育実習で通った都内の私立中学は、「ポケットに手を入れて歩くのは見苦しい」という理由で制服にポケットを付けていなかった。校則の厳しい学校で、体罰も日常茶飯事だった。生徒たちは皆、両手をぶらぶらさせて廊下を歩いていた。休憩時間にはそれなりに笑い声もあがっていたが、制服の袖口から覗く掌は、ずいぶん居心地悪そうに見えた。

教師を刺殺した少年は、「護身用」にナイフをポケットに入れていた、と供述したという。

――きみのナイフ、ほんとうは「護心用」だったんじゃないのかい？

（「朝日新聞」１９９８・２・23）

物語のないヒーローたち

ひと昔前まで、ヒーローには挫折や猛特訓といった誕生秘話が付き物だった。さまざまな種類の逸話がヒーローを彩っていた。

たとえば野球の王貞治。ピッチャーとして将来を嘱望されながら挫折した王選手は、打者に転向後、畳が擦り切れるほどの日本刀の素振りを繰り返して、みごと一本足打法を生み出したのだった。苦労話とは一見無縁の長嶋茂雄だって、大学時代には夜中のグラウンドで石灰をまぶしたボールを使った猛ノックを受けたり、デビュー戦で金田投手から四打席連続三振をくらったり……。

三十年近く前の野球少年（ぼくの世代です）なら、誰もがそういったヒーローのエピソードの一つや二つは知っていた。サッカーでもプロレスでも同じだ。ぼくたちはまばゆく輝く活躍を見せるヒーローの〝いま〟に憧れつつ、その礎となりバネとなった〝過去〟の物語を読み込んでいたのだった。

「長嶋だって最初は苦労したんだから」

「あんなに努力したからこそ、王はホームランキングになったんだ」

もちろん、それは一歩間違えれば、鼻持ちならない教訓臭を放ってしまう。苦労や挫折がことさらに強調されると、ヒーロー本来の天真爛漫とした伸びやかさすら薄れてしまいかねない。

だが、そのリスクを考えたとしても、ヒーローと少年たちを人間くさい逸話が結んでいた時代は幸せだったな——と、ぼくはいま、思う。

当代のヒーローを眺めてみよう。たとえばサッカーの中田選手や野球のイチロー選手、あるいは女性なら宇多田ヒカルさんでもいいのだが、不思議なくらいエピソードが少ないことに気づかされる。彼らのすごさを強調する材料はいくらでもあるが、彼らがいかにしてヒーローになったかについては、ほとんど伝わってこないのだ。

だからこそ、彼らは「ヒーロー」よりも、むしろこう呼ばれることのほうが多い。

天才——。

でも、その言葉でまとめられてしまうのって、なんだかつまらなくないか？

「だって中田は天才だもん」

「やっぱりイチローは天才だからなあ」

きれいすぎるほどの一線が引かれてしまう。世の少年たちとの間をつなぐ回路が見あたらない。天才にはもちろん憧れる。しかし、どうやって彼らに近づけばいいかがわからない。

天才には、過程がない。結果だけ。中田選手だってイチロー選手だって人一倍の努力はしているはずなのに、彼らの天才ぶりをきわだたせるために、報道はそこに焦点を合わせようとしない。物語なきヒーローなのだ、彼らは、みな。

偉人伝を好んで子どもに読ませたがる親や教師よろしくすべてを参考にしろというのではないが、それでも、ヒーローがどんどん天才になってしまっては、ちょっとなあ……なのである。

「特別な存在」になろうとする少年たちのいかにも短絡的な犯罪を見るたびに、ぼくはヒーローがすぐに「天才」と呼ばれてしまう時代の悲しみを思ってしまう。

どろんとした目で街にたむろする少年たちのけだるさに触れるたびに、そういえば今日びの天才はみんな不機嫌で無愛想なんだよなあ、とつぶやいてしまうのである。

（「げきじょう」２０００・秋）

反乱せよ、球児諸君

毎年、春と夏になると、「今度こそは」と期待することがある。かなわぬ夢だとは承知の上、不謹慎ではないかとの誹りも甘んじて受ける覚悟で、この夏もやはり、淡い望みを託して新聞のスポーツ面を開く。

高校野球である。地区予選でも甲子園大会でもいい、とにかく高校野球の、あのグラウンドで、乱闘騒ぎが起きないだろうか。審判にくってかかる選手が現れないだろうか。茶髪のロン毛、耳にピアスを光らせて、ユニフォームのズボンを腰穿きする選手が登場してくれないものだろうか……。

高校野球が嫌いなわけではない。バカにしているつもりもない。野球のルールを覚えた小学一年生以来、甲子園の熱球譜はほとんどすべてリアルタイムで目に焼きつけて、胸躍らせ、手に汗握り、涙さえ幾度となく流してきた。

しかし、いつ頃からだろう、〝球児〟と呼ばれる高校生の姿に薄ら寒いものを感じるようになった。野球そのものではなく、それに付随する髪型や服装や礼儀作法、根性や団結や愛校心や郷土や後援会や野球留学や特待生や入場行進や選手宣誓や校歌斉唱や甲子園の土……

要するに、野球以外のすべての事柄が嘘くさく思えてしかたないのである。

たとえば、八月十五日の甲子園に黙禱の時間が設けられているのはなぜだろう。戦没者追悼と平和祈念の意義はよくわかるのだが、ならばなぜ〝球児〟以外の高校生にも同じことを求めないのだろう。予備校の夏期講習を受けている高校生やゲームセンターにたむろする高校生にも「八月十五日は黙禱しましょう」と訴えればいいではないか。黙禱は高野連独自の判断だと言うのなら、当日に試合のない出場校はもちろん、地区予選で敗退した全加盟校にも通達を出すべきではないのか。

あるいは、全国各地から選手が集まる私立高校はやたらと評判が悪いのだが、私立の進学校には全国から選りすぐりの秀才が集まっているのに、東大合格者ランキングで「〇〇高はずるい」という声は聞いたことがない。東大理Ⅲを目指す中学生が全国レベルの私立進学校を選ぶことと、甲子園出場を夢見る中学生が野球留学することの、どこがどう違うというのだろう。さらに甲子園では、野球漬けの私立強豪校への反発も手伝って、文武両道を標榜する学校が好まれる。だが、高校生の生活は「文」と「武」だけではない。ロックバンドの名門校があってもいいし、昨年話題になった昭和第一高校のように、偏差値はそこそこでも男子生徒が他校の女のコにモテまくる名門校があってもいいではないか……。

〝球児〟はただ野球をやっているだけなのに、オトナは自分たちの理想や価値観を彼らに背負わせる。〝球児〟は野球の技術を磨く以前に、その重荷を従順に受け入れることを強いられ、特に甲子園のグラウンドに立つ〝球児〟は、全国中継のテレビ画面の中、いったい誰にアピールするのか〝古き良き時代の高校生〟を体現せざるをえない。そこに、ぼくはなんとも言えない薄ら寒さを感じてしまうのだ。

興味深いデータをご紹介しておく。今年三月、〝荒れる中学校〟のご時世を反映してか、卒業式に警察の警備を要請した中学校は全国で千七百校を超えたのだが、大阪府・広島県・愛知県・兵庫県・愛媛県では、百五十校以上に警官が派遣されたのだという。これ、いずれも高校野球の強豪（府）県なのだ。

警官に守られた厳粛なる卒業式――。すでにその時点で、〝球児〟は生まれているのかもしれない。

だから、ぼくは、この夏も祈りを込めて朝刊を開く。〝球児〟諸君、今年こそは誰か反乱してくれないか。べつに暴力沙汰に及ばなくても、試合の後はみんなで写真を撮りあえばいい。ピンチのときにはカノジョからＰＨＳで「がんばって」とメールを受け取ればいい。重荷を背負う必要なんかないんだ。何度でもいう、君たちは、ただ野球をやっているだけの〝一九九八年の高校生〟なんだから。

（「現代」１９９８・９）

田舎者くんに捧ぐ

二昔前のマンガのように、交差点の真ん中で、きょろきょろとビルを見上げているわけではない。むしろ視線を一点に据え、顎と肩をこわばらせて、隠しようのない緊張と不安を背中に貼りつかせた若者の姿を新宿や渋谷の雑踏で見かけるようになれば、それがぼくにとっての春の知らせである。

電車のドアの上に掲げられた路線図をじっと見つめる若者を目にすると、よっしゃよっしゃ、となぜだか急にオジサンっぽくなってしまうのだが、頬が勝手にゆるんでしまう。受験なのか就職なのか、予備校入学なのか、あるいは家出なのか、とにかく故郷からひとりぼっちで上京した田舎者くん——怒るなよ、ぼくだって立派な元・田舎者くんだ。だからこそ、君たちのことが大好きなのだ。

大学受験のために生まれて初めて東京に来たのは、ちょうど二十年前のことだった。山口県の小郡駅から新幹線で六時間余り。東京駅から中央線の電車に乗り換えると、車内でおしゃべりするひとたちがみーんなテレビのアナウンサーみたいに思えて驚いた。

受験の宿は代々木にあるオリンピックセンター内のユースホステルだった。恥ずかしながら、洋式トイレというものをそこで初めて体験した。車の音が耳について、上京初日の夜はほとんど眠れなかった。小田急線の急行電車に乗ろうとして、急行券はどこで買えばいいのか駅員さんに訊いた。都バスが均一運賃先払いだと知らず、乗車してから財布を探していたら後ろのひとに文句を言われた。立ち食いうどんの汁の黒さは覚悟していたが、イナリ寿司の味の濃さに面食らった。ホッケという魚を食べたのも、牛丼の吉野家に入ったのも、生まれて初めてだった。原宿で竹の子族を見物していたら、「自衛隊に入りませんか」と誘われた。地下鉄に乗ると、赤坂見附・乃木坂・六本木・後楽園・霞ヶ関……テレビや歌詞でしか知らなかった駅の名前がアナウンスされるたびに胸がどきどきした。

二十年前――一九八一年、春。ぼくは、そんなふうにして東京に飛び込んでいったのだ。

あの頃に比べると、いまは地方と東京との距離は物理的にも精神的にもずっと近くなっているはずだ。大学受験で初めて上京するというウブな田舎者くんは、もはや少数派なのかもしれない。それでもやはり、がんばれよ、と声をかけたい。思いどおりにならないことはこれからたくさんあるぜ、負けてもいいから「負け」には負けるなよ、と肩を叩いてやりたい。

ぼくの暮らすニュータウンの近くにも私立大学のキャンパスがある。受験日の駅前は、今年もまた田舎者くんであふれ返った。

その日の夕方、駅前を歩いていたら、バス停の近くにしゃがんで携帯電話をかけている田舎者くんの話し声が耳に届いた。東北の言葉だった。試験の出来は上々だったようで、「ばっちりばっちりーぃ」と尻上がりのイントネーションで歌うように笑っていた。東京の寒さにはおおげさな厚手のジャケットを着て、火照った頰にてのひらで風を送りながら、でも、彼は胸の温みを愛おしむように、もしかしたら上京のために新調したのかもしれない真新しいそのジャケットを、決して脱ごうとはしないのだった。

（「日本経済新聞」2001・2・27）

三人目の漱石

「今夜はこのへんで帰るかな」

担当編集者のYさんが腕時計に目を落としてつぶやいたのは、日付が変わるか変わらないかの頃だった。酔いかげんで言うなら、ほろ酔いのラインをほんの少し超えたあたり。いつもなら、当然のごとく「もう一軒いくか」となるのだが、その夜のYさんは、はしご酒どころか、最初から酒を飲むペースを極端に抑えていた。

体の具合でも悪いのだろうかと心配して尋ねると、Yさんはかぶりを振り、いかめしい口調をつくって言った。

「明日、就職試験の面接だから、二日酔いはヤバいんだよ」

驚いた。Yさんはぼくと同世代の三十九歳——思わず「再就職するの？」と聞き返したら、腹を抱えて笑われた。Yさんは、すでに数年前から新入社員採用試験の面接官をつとめているのだという。一緒にいた、別の出版社のGさんやSさんも、毎年この時期には面接官に早変わりするらしい。Gさん、Sさん、ともに四十歳前後。会社勤めの生活から一年たらずで脱落したぼくには、就職試験の面接官はクールで底意地の悪いオジサンという紋切り型のイメージしかなかったのだが、考えてみれば、ぼくたちの世代はもはや立派なオジサンなのである。

「そうか、もうオレたちは〝選ぶ〟側にいるわけなんだなあ……」と間抜けな感慨にふけるぼくに、Yさんがおもしろいことを教えてくれた。

三人目の漱石——という法則めいたものがある。

面接に臨む学生が「趣味は読書です」だの「活字中毒者です」だのとハッタリまがいのアピールをしてきたら、Yさんは決まって「じゃあ、好きな作家を三人挙げてください」と言う。

すると、学生さん、急にしどろもどろになってしまう。いまどきの若い連中は、好きな作家を一人かせいぜい二人しか持ち合わせていないものらしい。

「村上春樹と吉本ばななと……夏目漱石ですかね」「スティーブン・キングと宮部みゆきと……あとは、夏目漱石ですかね」「村上龍と京極夏彦と……えーと、あのー、そうだなあ……夏目漱石ですね」

困ったときには漱石、とりあえず漱石。作品名を訊かないのが武士の情けだ、とYさんは笑う。

この法則から大学生の教養の貧しさを嘆き憂えることもできるのだろうが、ぼくは、苦しまぎれに「漱石！」と言ってしまう学生って、なんとなく好きだ。しっかりがんばって勉強しろよなあ、と笑いながら頭を小突いてやりたい。

知識は、あとからでも増える。しかし、オトナになってやり直そうと思ってもかなわないことは、たくさんある。「学生時代に好きだった異性を三人挙げよ」「学生時代に泣いた体験を三つ挙げよ」の問いにしっかり答えられるのなら……だいじょうぶ、たとえ就職試験に落ちても、ぼくはきみのことを評価するぞ（なんの役にも立ちませんけど）。

Yさんは、別れ際に、「好きな作家の中に『重松清』を挙げた学生がいたら教えるから」と言ってくれた。

あれから一週間。連絡は、なかった。学生さん、やっぱり、もうちょっと本を読もうね。

（「日本経済新聞」２００１・５・１）

のび太が手にした「道具」

申し訳ありません。『ドラえもん』って、嫌いです。正確には作品じたいではなく、「『ドラえもん』は私たちに夢を与えてくれた」的な言説が嫌いなのです。

タケコプターが夢ですか？　どこでもドアが夢ですか？「あんなことといいな　できたらいいな」――「あんなこと」って、空を飛ぶことですか？　一瞬にして遠いところへ移動することですか？

違うよね、のび太くん。君が「できたらいいな」と願っているのは、タケコプターで空を飛んでジャイアンやスネ夫に仕返しをすることなんだ。どこでもドアを使って遠くに逃げて宿題をやらずにすませることなんだ。

たとえドラえもんが、ぜんぜん違う目的でポケットからその〝道具〟を取り出したとしても、あるいはそれを手にしたときの「うわぁっ！」という弾んだ声に邪気はかけらもないのだとしても、のび太くん、なぜだろう、君はいつだって〝道具〟の使い道を誤ってしまう。

ぼくは、〝道具〟を手にした君のほくそ笑む顔がテレビの画面に大写しになるたびに、背筋のあたりが薄ら寒くなる。そして、哀しくてたまらなくなる。娘たちのブーイングを浴びながらリモコンでチャンネルを換えてしまうことだって、あるんだ。

＊

教えてください。困っているのです。太宰治みたいな訊き方をしてしまいましたが、ほんとうに、ぼくにはわからないのです。なぜ、『ドラえもん』は私たちに夢を与えてくれた」などと言えるのでしょう。

いじめっ子たちをこらしめることが夢なのですか？　しずかちゃんの着替えを覗くことが夢なのですか？

かわいそうなジャイアン、かわいそうなスネ夫。少年時代のぼくは君たちだった。たいがいジャイアンで、ときどきスネ夫に甘んじた。そんなぼくから見ると、『ドラえもん』に描かれた君たちの姿は哀しくてたまらない。君たちは、ただの悪役だ。のび太くんを困らせるだけのために物語に登場させられた。誰も君たちの心の奥底を探ることはできない。君たちは、つくり手からなんの愛情やシンパシーも寄せられていないのだから。

ジャイアン、しじゅうなにかにいらだっている君の寂しさも、スネ夫、綱渡りのような人間関係を生きる君のせつなさも、〝いじめっ子〟という、その一言でくくられて終わってしまう。ぼくはそれが、かつてのぼく自身のために悔しくてたまらないんだ。

それから、しずかちゃん、君はもうちょっと同性の友だちと遊んだほうがいいと思うよ。

ドラえもんは、なぜ未来からやってきたのですか？　未来にはこんなにも素敵な〝道具〟があるんだと教えるために？　のび太くんの背負う現実の苦しみなんて未来の〝道具〟を使えばへっちゃらさ、と伝えるために？

じゃあ、サリンだってナイフだって、ひょっとしたらドラえもんのポケットから出てきたのかもしれませんね。

＊

余談ですが、ドラえもんが出演したいくつかのCMのなかで、ぼくがいっとう嫌いなのは、森の中に車があらわれる某RV車のそれでした。この春からオンエアされている最新バージョンでは『ムーミン』の面々も登場しています。いやはや。RV車で森に乗り入れるひとなんて、ムーミンもスナフキンも、もちろんドラえもんだって、大っ嫌いだと思うのですが……。

でも、のび太くん、君ならやるだろうな。「休日は自然のなかで過ごさなくちゃ」と張り切って、くだんのRV車で颯爽と道なき道を駆けて、虫を踏みつぶし、草をなぎ倒していく。保証してもいい。そこに〝道具〟があるんだもの、君は使うさ。ぼくも君を否定しない。かつてジャイアンでありスネ夫であったぼくは、最近、どうも君に似てきたような気がしてならないんだ。

ドラえもんに会えたら訊いてみたい。未来にも、ジャイアンやスネ夫はいるのだろうか。意外と、みーんな、のび太くんになっていたりして。のび太がのび太をいじめ、のび太がのび太に仕返しして……ドラえもんは、どののび太くんに〝道具〟を差し出すのかな。

＊

ぼくは、ときどき思います。ドラえもんは、オバケのQ太郎のような愛すべき居候などではなく、じつは、『笑ゥせぇるすまん』の喪黒福造のようなメフィストではないか、と。

十年近く前、子どもたちの間に「『ドラえもん』は交通事故で植物人間になった男の子の見ている夢だ」という噂が流れたことがあります。子どもたちは勘づいていたのかもしれません、『ドラえもん』の物語の奥深くにひそむまがまがしさに。

最後に、ひとつ、訊かせてください。

子どもの夢って、なんですか？

答えはけっこうです。自分で考えます。それは、子どもの登場する小説をこの時代に書こうとする人間の義務だと思いますから。

（「鳩よ！」１９９８・７）

二十一世紀少年の「未来」

拝啓

二十一世紀――です、ね。

「未来」が来てしまいました。

一九六三年三月生まれのぼくにとって、二十一世紀は、なんともフクザツな「未来」でした。

小学一年生だった一九六九年にアポロ11号が月面に着陸して、翌七〇年には大阪で万博が開催。そんな輝かしい「未来」としての二十一世紀を思い浮かべる一方で、ぼくたちは知っていました。アメリカとソ連は仲が悪くて、どちらかの国が水爆のボタンを押してしまうと人類は滅んでしまうんだ、と。

たとえ核戦争が起きなくても、光化学スモッグやヘドロなどの公害で人間は生きていけなくなるかもしれない。オイルショックのときには地球の石油は三十年以内に枯渇してしまうという説が流れ、『日本沈没』もベストセラーになりました。それどころか、ノストラダムスの予言を信じるなら、一九九九年七月に地球は滅亡してしまう。ということは、二十一世紀をぼくたちは迎えられないんじゃないか……。

バラ色の「未来」なのか。

暗黒の、もしかしたら永遠に訪れることのない「未来」なのか。

二者択一というより、むしろ相反する二つのビジョンを共存させて、ぼくは少年時代を過ごしてきました。

いや、それはぼく個人にかぎったことではありませんでした。

いまでも忘れられない光景があります。小学二年生か三年生の頃、図工の授業で書いたクラス全員の『未来の絵』が教室の後ろに並べて貼られたのです。

すると、きれいに――ほんとうに、みごとなほどきれいに、バラ色と暗黒の、希望と絶望の、喜びと悲しみのモザイク模様ができあがっていました。チューブで結ばれたドーム都市の絵の隣に、レーザー銃を撃ち合う宇宙戦争の絵があり、その真上には人間もお魚もにこにこ微笑んでいる海底都市の絵があって、その隣には黒々としたキノコ雲がいくつもたちのぼる絵があって、そのまた隣には地球を眺める月面コロニーのひとびとがいて……。

ぼくが描いた絵は、宇宙服のようなヘルメット付きの服を着たひとたちが個人用ロケット（ランドセルみたいな形でした）で空を飛んでいる絵でした。

楽天的な小学生？　子どもらしい？

でもね、ぼくの絵の中の人間がどうしてヘルメットをかぶっているのかというと――地球の空気は放射能で汚染されているから、という設定だったのです。ドーム都市を描いた子も似たようなことを考えていたに違いありません。海底都市も、月面コロニーも、きっと。

考えてみれば、ぼくたちが「未来」を描いた絵はどれも、それがバラ色であろうと暗黒であろうと、一九七〇年代初期の「いま」とは明らかに切り離されていました。ぼくたちは皆、〝「いま」が終わってしまったあとの世界〟を描いていたのです。

＊

でも、二十一世紀という「未来」は、どうやら「いま」を持ち越したまま、ぼくたちの目の前に訪れたようです。日曜日の夕方六時半には『サザエさん』が始まり、朝の通勤電車はあいかわらず混んでいて、家事をすべて片づけてくれるロボットはいません。SMAPの『夜空ノムコウ』じゃないけど、あの頃思い描いていた「未来」の姿より、現実の「未来」はあまりカッコよくないみたい。それでも、そのカッコ悪さに少しほっとしている自分が、どこかに、確かに、います。

＊

昨年の秋（まだ世紀末だった頃ですね）、このページの担当編集者であるOさんが、東京・光が丘の小学校で開かれた児童の作品展に出かけて、何枚かの絵を写真に撮ってきてくれました。

小学五年生の作品です。テーマは、『もうすぐ21世紀。未来を空想してみました』。それを見て、ぼくはちょっとびっくりしてしまいました。子どもたちの作品に、緑色がたくさん使われていたから。

子どもたちの思い描く「未来」には、森や芝生がたっぷりありました。きれいな花が咲いていました。

ぼくたち――一九七〇年代の子どもの描いた「未来」には、そんなものはなかった。コンクリートやプラスチックや超合金でつくられた世界を描いた絵には、緑色の絵の具なんて使いようがなかったのです。

びっくりして、しばらく呆然としたあと、なんともいえず嬉しくなりました。二十一世紀が「未来」ではなくて「明日」に、そして「今日」になっている子どもたちに、「おーい、がんばれよお!」と、ひと声かけたくなっちゃいました。

絵のなかで、ぼくがいっとう気に入ったのは、『未来のデパート』と題された男子の絵。そのデパートでは、〝本物のうちゅう人の毛をつかった、うちゅう人形〟を売っていました。定価は五千円。

ぼくたちは宇宙人を登場させただけで満足していたのに、さらにもうひとひねりしているわけです。

「そこが、いまどきの子どもの屈折したところなんだ」という批判もあるかもしれません。

でも、ぼくはその絵から子どもたちの無邪気なたくましさのほうを読み取りたい。いいぞ、二十一世紀キッズ！

ねえ、あなたは昔どんな「未来」の絵を描きましたか？　いまならどんな絵を描きますか？　機会があったら教えてください。

ぼくもこの手紙を書き終えたら、コピー用紙の裏に落書きしてみるつもりです。

敬具

（「ミセス」２００１・２）

大きな言葉／小さな現実

拝啓
こういうのも「世紀末らしさ」というのか、今年もまた、ぼくの大好きな「少年」「男の子」という言葉はボロ負けでした。

少女監禁事件と「てるくはのる」の自殺に始まって、中学生による五千万円恐喝事件、十七歳少年の「ひとを殺す体験をしてみたかった」殺人、同じく十七歳によるバスジャック……金属バットを使った母親殺しもありましたし、少年が隣家に押し入って家族を次々に惨殺した事件もありました。

このままではいけない。誰もが思う。それは、もちろん、当然のことでしょう。

でも、じゃあ、どうすればいいの――？

考え込んじゃいますよね。ぼくも答えなんかわからない。だからこそ小説という「お話」の世界で、繰り返し繰り返し、少年や家族や学校にアプローチしているわけなのですが、ただ、「少年問題の解決はワシらにまかせろ！」と胸を張るひとたちの発言や行動を見ていると、おいおいちょっと待ってくれよ、と言いたくなることも少なくないのです。

十月二十六日、政治家のセンセイがたは、女子マラソンの小出義雄監督を朝食会に招いて、「小出監督のようなひとが教育改革には必要なんだ」と絶賛したとか。でも、はたして小出監督は「教育」者なのでしょうか？

断っておきますが、ぼくには小出監督を批判するつもりは毛頭ありませんし、シドニー五輪の女子マラソンで高橋尚子選手がみごと金メダルに輝いた瞬間にはテレビの前でバンザイ三唱をやったクチです。

ぼくは小出監督にではなく、優れた「指導者」である監督を「教育者」だと言い換える政治家のセンセイがたに対して、不満と不信を抱いているのです。

「速く走りたい！」という意志を持った部員の才能や個性を見抜き、タイムを上げていくのは、「指導」です。でも、じゃあ、「走るのってかったるいじゃん」と体育の授業のグラウンド一周すら嫌がる生徒に、その「指導」は有効なのか……。言ってみれば、受験合格という明確な目標のある生徒を教える塾や予備校の先生と、「だって、オレ、自分がなにしたいのかわかんねーんだもん」とぼやく生徒を教える学校の先生との違いですね。

「指導」はもちろん「教育」の中の重要な柱ですが、「指導」＝「教育」ではないはずです。しかし、昨今の「教育」をめぐるさまざまな論議を見ていると、「指導」＝「教育」にしてしまおうという思惑が露骨に覗いているような気がしてなりません。

学級崩壊は教師の「指導力」が下がったから、とよく言われます。でも、たぶん、それ以前に「求心力」が失われている。「求心力」、言い換えれば子どもたちの心をつかむ魅力のないひとが強引に「指導力」を発揮しようとしたら……ほらほら、体罰復活とかコワモテな言葉が浮かんできちゃうんですよね。

＊

首相の私的諮問機関である教育改革国民会議は、九月二十二日に中間報告を発表しました。そこに織り込まれた奉仕活動の義務化が大きな話題を呼んだのは記憶に新しいところですが(「国民」なんて言葉が出てくると、こっちまで文章が堅くなっちゃいますね)、その会議の議事録って、ご覧になったことありますか？　インターネットのホームページアドレスは、http：//www.kantei.go.jp/jp/kyouiku/ です。

さっきの反動でくだけた言葉遣いをしてしまいますが、いやあ、すごいっスよ、これは。とにかく有識者の皆さん、ご自分の意見しかおっしゃらない。数字の裏付け、ほとんどなし。「欧米では」「昔は」が連発されるなか、肝心の議論はなかなか深まっていかない。

僭越ながら、ワタクシごとき若造が諸先生がたに申し上げるなら、ただ一言だけ。

ひとの話を聞きなさい。

冗談はさておき、そんな各委員の話し合いが、まがりなりにも中間報告ができるまでまとまった理由は、「いまの子どもはだめだ」という点が一致しているからです。もっとはっきり言えば、皆さん、きっと、いまの子どもが嫌いなんです。かつて確かにいた（と信じている）はずの、理想の子ども像を取り戻したくてしかたないのです。

だからこそ、ある委員いわく――「今の若者に貧乏を味わわせてみたい」。「キヨシには、お父ちゃんやお母ちゃんのようなひもじい思いはさせんけえのう」とがんばった両親に育てられた世代としては、「満ち足りたなかで子どもたちをどう育てるか」という論点になっていないのが残念でしかたないのですが……それでも、個々の意見の是非はここでは問いません。なぜって、現状をなんとか変えたいという思いそのものは、それこそ「国民」の誰もが抱いているのだから。

でもね、「奉仕」なんて大きな言葉を持ち出す前に、学校の現場では、毎日の掃除をやらせるだけで教師は四苦八苦していますよ。「自分の教室ぐらい自分で掃除しろ」のレベルから見ていかないと、意味がないんじゃないのかなあ。

＊

言葉って、怖い。「教育」「改革」「国民」「奉仕」……大きな言葉であればあるほど、眉に唾をつけて、あらためてその意味を問い直したほうがいい。

たとえば「少年」問題と言ってしまうと、マスコミや行政の世界の話になってしまう。でも、忘れないで。これは、あなたやぼくの目の前にいるタローくんやカズオくんやエイジくんやアカネちゃんやユミコちゃんの、一人一人の問題なのだから。

言葉を操って商売している我が身を振り返って、自戒の念を込めつつ。

敬具

（「ミセス」２００１・１）

家族とオヤジに向けて

家族は「社会問題」か？

先日、ある雑誌の取材を受けていて、思わず「うーむ……」と絶句してしまった。難しい質問をぶつけられたわけではない。インタビュアーがぼくの本をまったく読んでいなかったというわけでもない。

取材のしょっぱな、インタビュアーはごく当然のような軽い口調で、こう言ったのだ。

「シゲマツさんは家族や子ども、学校をテーマにした小説を数多く書いている社会派作家ですが……」

虚を衝かれた思いだった。

たしかに、ぼくの書く小説は、ほとんど家族や子どもがらみのものである。教師を主人公にした作品も少なくない。だが、ぼくは自分が社会派作家だと思ったことは一度もない。それどころか、むしろ社会派とは相反する世界を描いてきたつもりだったのだ。

社会とは、すなわち「公」。それに対して、家族は「私」。おとなを社会人と呼ぶのに対応させるなら、子どもは未・社会人、あるいは非・社会人。学校だって、疑似社会ではあっても、ほんものの社会からは隔絶された場所（だからこそ、暴力事件で校長が警察を呼べばニユースになる）であるはずだ。

ぼくが好んで描くのはそんな世界の、ささやかな出来事を軸にしたお話なのだ。政治家は出てこない。警察も登場しない。企業内の暗闘、国際謀略、猟奇犯罪、過激な性風俗……そういうものとは無縁な、よくいえば等身大、ありていに言ってしまえば所帯じみた話ばかり書いてきたのである。

それが――社会派？

たっぷり絶句したあと、今度は「なるほどなあ」と妙に納得してしまった。

そういう時代になったのだ。家族や子ども、学校をめぐるさまざまな問題が、新聞の決まり文句を借りれば「社会問題化している」時代なのだ、いまは。

その構図は、なにかパンドラの箱の神話を思い起こさせる。いままで閉じこめられていたものが、箱の蓋が開いてしまったせいで、いっぺんに社会へと広がっていく……。

だから、社会に生きているお父さんは、あせる。戸惑う。困惑する。一方、いままでお父さんに「家のことはおまえに任せてあるんだから」なんて言われていたお母さんは、自分の背負っているものの重みを思い知らされ、やっぱりあせって、戸惑って、困惑する。そして――「社会の問題なんだから、社会が解決してくれなきゃ！」。

だが、それはずいぶん危険なことではないだろうか。「私」の歪みを「公」のせいにして、「私」の救いを「公」に委ねると、けっきょくは、すべてが「家族」「子ども」「学校」という集合名詞になってしまい、ひとつひとつの家族の姿が、一人一人の子どもの顔が、消えてしまう。

もちろん社会ぜんたいで取り組んでいかなければならない課題がいくつもあることは認めるが、根っこに「私」を、つまり他の何とも交換できない「この家族」「この子ども」「この教室」を忘れてしまってはいけないのではないか？

ぼくはこれからも所帯じみたお話を書きつづけるだろう。ときどき取材も受けるだろう。もしもまた「社会派」と呼ばれることがあったら、今度は絶句することなく、こんなふうに答えるつもりだ。

「でも、登場人物には全員、名前を付けていますけどね」

（「北海道新聞」２０００・10・８）

不幸せとの付き合い方

「家族は本来、仲の良い幸せな人間関係である」という大前提は捨てちゃったほうがいいのかもしれません。そうしないと、それはすぐに「家族は仲が良くてはならない」「幸せであるべきだ」に形を変えて、ぼくたちに重くのしかかってしまいます。「こんなはずじゃなかったのに」と理想と現実のギャップに戸惑い、「どうしてウチの家族はこうなんだろう」と嘆いて、そのはてに相手を追いつめたり自分が追いつめられたりして、家族が崩壊してしまう。そういう悲劇って、最近うんざりするほど繰り返されているじゃないですか。

極端に言っちゃうと、ぼくたちはもう、誰もが納得するような「幸せ」の正解を失っているのかもしれません。幸せな家族の象徴だったはずのニュータウンがさまざまな惨劇の舞台になったり、優等生の少年が事件を起こしたり……。

「不幸せ」の幅のほうも広がっているのかもしれません。新築のわが家の貧しさもあれば、子どもに囲まれた孤独もある。他人には「ぜいたくだよ」「たいしたことないじゃないか」と言われてしまうけど、本人たちにとってはすごく重く苦しい暮らしをつづけている家族って、きっと数多いと思うんです。

それを思うと、ぼくなら百パーセントの完璧な「幸せ」を追い求めるより、いまの「不幸せ」とどう付き合っていくかのほうを考えます。「弱い父親」が無理に強がったって、簡単に化けの皮ははがれてしまうんだから、「弱いけど○○な父親」を目指したほうがいいじゃないですか。

いまの暮らしが「幸せ」のモデルと違うからといって、すぐに自暴自棄になってほしくはない。絶望を先取りしてほしくないんです。夫婦仲だって子育てだって、両親との関係だって、思いどおりにならないことはたくさんあるけど、「だからウチの家族はだめなんだ」とすぐに結論づけるのはもったいないと思いませんか?

たとえ一日二十四時間のうち二十三時間五十九分五十九秒までは家族の嫌なところばかり見せられていても、一秒くらいは「おっ、ウチもまんざら捨てたものじゃないな」という瞬間があるかもしれない。

ふだんは気づかないそんな瞬間を見つけ、それを少しずつ増やしていくことが、家族を好きになるってことなんじゃないかな、とぼくは思っています。

(「毎日新聞」2001・2・21)

「嫌い」と「苦手」について

我が家の四歳の次女は、口先だけはオマセなくせに、食が細くて便秘がちである。ぼくと妻は便秘解消のために野菜をたくさん食べさせようとするのだが、箸はちっとも進まない。「ほら、食べなさい」とうながすと、決まってこんな言い訳が返ってくる。「だって、ニンジン苦手なんだもん」「ピーマンも苦手だから」「カボチャ？　苦手に決まってるじゃん」……。

「嫌い」とは決して言わない。どうやら、あいつ、「嫌い」をつかうと「好き嫌いはダメだよ」と叱られると思って、「苦手」に言い換えているようなのだ。

最初のうちは「なるほどなあ」と半ばあきれ、半ば感心して（そこが親バカ）いたのだが、あいかわらず短絡的な「キレた」事件が日替わりで並ぶ新聞の三面記事を見ているとき、ふと思った。「苦手」の段階を一気に通り越して醸しだされた「嫌い」こそが、この時代の閉塞的ないらだちを生んでいるのではないか。

「嫌い」は、自分から相手への一方的な拒絶である。それに対して「苦手」には、相手のことを認めたうえで、しかし自分にはうまく受け容れられないんだというニュアンスがある。

「嫌い」は「相手だけが悪い」につながるが、「苦手」は「自分も悪い」に至る。自己嫌悪を募らせろというつもりは毛頭ないのだが、不快な状況や思いどおりにならない局面では、それを「嫌い」だと感じるか「苦手」だと受け止めるかで、対処法は大いに違ってくるはずだ。

たとえば満員電車——窮屈な姿勢で吊革につかまるのは誰だって「好き」ではないし、「得意」でもない。うんざりして、いらいらして、乗客のちょっとした言動がカンに障ることもあるだろう。満員電車が「苦手」なひとなら、腹立たしさを感じても、それを「まあ、しょうがないか」でやり過ごせる。しかし、満員電車が「嫌い」だったら、腹立たしさは理性のフェンスをも蹴破ってしまいかねない。車内暴力をはじめ頻発する「キレた」暴力事件の根っこには、そんな「嫌い」(=相手だけが悪い)のストレスがあるのではないか、とぼくは思うのだ。

いつだったか、友人の高校教師が教えてくれた。一昔前なら「数学が苦手」だった生徒が、いまはすぐに「数学が嫌い」だと言いきってしまうのだという。「苦手」には努力の余地があるが、「嫌い」はそこから先へは進めない。苦手な教科を得意にさせるよりも、嫌いな教科を好きにさせるほうがずっと難しいんだ、と友人はぼやいていた。

いや、若い世代に限った話ではない。おとなの会話だってそうだ。ぼくたちは「○○のやり方は苦手だ」ですむところを、つい「嫌いだ」と言いきって、その一言で、自分だけを安全圏に置いて、外の世界を安易に断罪してはいないだろうか。

なんて偉そうに言うぼくも、この原稿を書く前に、ある雑誌のインタビュー記事の手直しをしたのだが、発言中に「嫌い」があるわあるわ……。あわててすべて「苦手」に直すと、あら不思議、ほんのちょっぴりではあっても、不肖シゲマツ、なんとなく「いいひと」に見えてきたのだった。

（「日本経済新聞」2001・6・5）

懐かしの電話ボックス

仕事柄、打ち合わせや取材で初対面のひとと会う機会は多いほうである。たいていの場合は都心の喫茶店で用をすませるが、原稿の締切が迫ってどうにもならないときには、最寄り駅から自宅までの手描きの地図をファックスで送り、東京の西端に近い自宅までご足労願っている。

先日も某誌の取材記者が地図を片手に我が家を訪ねて来たのだが、記者氏は玄関に入るなり「懐かしい言葉にひさしぶりにお目にかかりましたよ」と、地図の隅のほうを指で示した。

そこには〈注意〉として、こんな言葉が記されていた。

〈駅から家までの道路には電話ボックスがありません。ご到着の電話は駅前からお願いします〉

なるほど。言われてみるまで気づかなかったが、確かに懐かしさあふれる一文である。

地図を描いたのは一九九五年。携帯電話はまだ「ネコも杓子も」というほどには普及していなかった。外出先からの連絡は公衆電話――が常識だったのだ。

だが、それがずいぶん昔の話に思えるほど携帯電話は普及した。この調子なら「生まれてから一度も電話ボックスに入ったことがない」と言う若者が出てくるのも遠いことではないだろう。電話ボックスじたい、やがて帽子形のポストやアース製薬の水原弘の看板みたいに、レトロな街角を演出するアイテムになってしまうはずだ。

ぼくの学生時代――一九八〇年代前半は、電話ボックスはまだまだ現役の最前線だった。

夏の昼下がりの電話ボックスは蒸し風呂のように暑かったし、冬の夜中は足元からたちのぼってくる冷気に身震いした。長電話に向く環境ではないのに、十円玉をポケットにどっさり入れて、たいして急ぎでもないおしゃべりをつづけた。お釣りの出ない百円玉を入れた直後に向こうから電話を切られたときには本気で腹を立て、逆にわざと百円を入れて「いま入れたばかりだから、もったいないだろ」と女の子相手に無理やり長電話に持ち込んだこともある。

思えば、電話ボックスとは〝雑踏の中の密室〟〝みんなのものだけど使用中は他人は入れない〟という、公衆トイレにも似た独特の空間である。公と私のはざまと言えばいいか、電話ボックスに入ると、いつも緊張感と解放感とが入り交じった奇妙な感覚を味わったものだ。

そして、そこには先客の煙草や化粧や汗のにおいだけでなく、さまざまな思いが染み込んでいる。いくつもの恋や友情や商談がこの中で深まり、ひび割れ、実ったり壊れたりしたという歴史がある。

学生時代には嫌だった電話ボックスに残る他人の気配が、いまはむしょうに懐かしい。

数えきれない他人の中に、自分がいる。長い長い歴史の中に、自分のいる〝いま〟がある。いわば、公衆の一人としての自分——他人が使わない携帯電話では決して味わえないその感覚が、最近いとおしく思えてしかたないのである。

カミさんに初めて電話をかけたボックス、いまもまだ早稲田の近所に残ってるかな……。そんなことも、ときどき思う。

（「日本経済新聞」２００１・６・12）

転勤族の息子として

ぼくは転勤族の息子だった。先日数えてみたら、生まれてから十八歳で一人暮らしを始めるまでの間に、九回の引っ越しを経験していた。同じ街の中での転居もあれば、大阪から名古屋、名古屋から鳥取県、鳥取県から山口県といった長距離の引っ越しもあった。

両親とぼくと妹の家族四人そろって、住み慣れた街を出ていく。列車を何本も乗り継いで、新しい街に着く。新生活への期待よりも不安のほうが強い。以前の街への懐かしさや、友だちと別れた寂しさを背負ったまま、新しい暮らしを手探りで始める——ぼくが両親といちばん仲が良かったのは、そういう頃だったな、と思う。

引っ越した直後は、家の外では緊張のしどおしだった。友だちもいない、通学路もよくわからない、新しい学校の決まり事も一から覚えなければならない。だが、外の世界がどんなに不安に満ちていても、家に帰ると、そこは以前と同じ我が家だ。ふだんはわずらわしいだけの母親の小言や父親の煙草の煙でさえ嬉しくて、「いいかげんに寝なさい」と叱られるまで居間に居座っていたものだった。

もっとも、やがて新しい学校に慣れて友だちも増えてくると、家の外で過ごす時間のほうが楽しくなる。遊びに夢中になって家に帰るのが遅れ、母親に叱られることが増える。父親が帰宅すると、逃げるように自分の部屋に入ってしまうようになる。

街にすっかり慣れた頃、また引っ越し。せっかくつくった友だちを失ったぼくは、新しい街の、新しい住まいの、けれど以前と変わらない居間で夕食後の時間を過ごす……。

〝家族の絆〟について考えると、いつも、少年時代のそんな光景がよみがえってくる。

家族が絶対的なものだとは思わない。父親も母親も、そして子どもたちも、家族だけを見つめて生きているわけではない。職場で家族以上の絆が得られるのならそれでいいし、学校で過ごす時間のほうが家にいる時間より楽しいのなら、それもまたよし。地域社会だって、もちろん。

ところが、職場ではリストラ、学校ではいじめ、地域社会も形骸化したいま、絆はそう簡単に結べるものではなくなってしまった。

この数年間で急速に〝家族の絆〟が浮上してきたのは、ぼくたちが皆、ゆるやかに、ゆるやかに、引っ越しをしてしまったからではないか。いつのまにか外の景色がすっかり変わっていることに気づいて、困惑しているせいではないか。新しい街に引っ越してきたばかりの子どものように我が家の外に不安と心細さを感じ、「せめて家族だけは……」となっているような気がする。

もちろん、それは悪いことではないだろう。ぼくだって「家族も捨てたものじゃない」という小説をいくつも書いてきた男である。

だが、我が家は、ほんとうにすべてが以前のままなのか？　少年時代の思い出ばかりで恐縮だが、ぼくの住まいは引っ越すたびに部屋数や広さが変わった。以前よりも広い家に引っ越したこともあれば、いっぺんに二部屋も減ってしまって家具の配置に苦労したこともある。そのたとえで言えば、〝二〇〇一年の現実〟という街に引っ越してきたぼくたちの家は、以前よりも窮屈で、ひどく息苦しい間取りなのかもしれない。もしかしたら、以前は確かにあったはずの〝親の居場所〟すら消えかけているのかも……。

それでもいいじゃないか、とぼくは思う。４ＬＤＫには４ＬＤＫの、六畳一間にはそれなりの、暮らし方がある。床の間のない家で「お父さんは昔のように床の間を背にドーンとかまえたい」と願ってもしかたない。

〝二〇〇一年の現実〟という街は、どうやら、おとなよりも子どものほうが馴染みやすくできているようで、子どもたちの「行ってきまーす」の声ばかり、いまはどこの家でも響きわたっている。親が「気をつけて行っておいで」と、にこやかに送り出せるときだけではないだろう。

ただ、〝二〇〇一年の現実〟という街の道順は複雑だ。日々、風景が変わる。子どもがそんな外の世界に疲れたとき、心細くなったとき、傷つけられたとき、「お帰り」だけは笑って言いたい。我が家が子どもの居座る場所にはなれなくとも、せめて戻る場所であればいいな、と思う。

甘い考えかもしれない。しかし、ぼくはいまでも忘れてはいない。転校したての日々、道に迷いながら学校から帰るときの不安な気持ちも、「ただいま!」と居間に駆け込んだときのほっとした気持ちも。

居間に鍵のついている家はどこにもないはずだ。鍵がないから、子どもたちは外へ出ていける。そして、帰ってくることもできる。窮屈な我が家――たとえ〝居間〟と名付ける部屋がなくても、鍵のないところはすべて親の居場所なんだと、「お帰り」を言うための場所なんだと、ぼくは信じている。

(「毎日新聞」2001・5・14)

「育児」ってなんだ？

二歳半になる次女を、毎朝保育園に連れていっている。この春から小学三年生になった長女のときも、四年間、同じ道を歩いて保育園に通った。仕事を持っている妻が朝七時過ぎに家を出たあとで娘たちと過ごす「ママ抜き」「原稿の締切抜き」の二時間は、むしろ、娘よりもぼくにとって大切なひとときではないか、という気もしている。

保育園に向かうときは、いつも娘と手をつなぐ。正確には、娘にぼくの指を握らせるのだ。一歳の頃は、小さなてのひらでぼくの人差し指一本をぎゅっと握りしめるのがせいいっぱいだったのが、二歳になると人差し指と中指の二本をまとめて握れる。三歳頃には薬指を加えた三本でもだいじょうぶ。さらに四本、五本と増えていくわけだ。

いま、次女は「二本指時代」に入った。大柄な長女に比べると「一本指時代」が少し長かったが、そのかわり握りしめてくる力は、おねえちゃんより強いようである……。

さて、ここで質問させていただきたい。

これは「育児」でしょうか？

謙遜や皮肉ではない。わからないのだ、ぼくにはほんとうに。

厚生省の子育てポスター――例の「育児をしない男を、父とは呼ばない」というやつを見るたびに、役人さんにその質問をぶつけたくなる。

教育でも育児でも、「育」がらみのことを役人や政治家や評論家が語るときは、いつだってそうだ。誰もが声高になって、性急に白黒をつけたがる。「育児する男ってカッコいいかも」ていどのコピーでは許してもらえない。そのくせ、ポスターは、SAMがニコニコ笑顔の赤ちゃんを抱っこしている絵柄で、オシメを取り替えたり夜泣きの赤ちゃんをあやしたりというものではないのだ。

じゃあ、「育児」ってなんだ？　その定義なしで「父とは呼ばない」と高飛車に断じられても困ってしまうのである。

ぼくは毎朝、娘と二人で保育園まで「散歩」している。いろいろな発見をして、驚いたり喜んだりため息をついたりして、そんな日々がきっと、ぼくの小説になにかを与えてくれている。それを「育児」だと胸を張っては、なんだか妻に申し訳ないような気がする。

そして、通勤をしない居職のぼくは、サラリーマンのひとたちにくすぐったさ交じりの申し訳なさを感じこそすれ、「皆さんも子どもともっと長い時間過ごしなさい、それが父親です」と言う権利などないと思っている。

愛するものと憎むものについて思うときは、できるだけ寡黙でありたい。おせっかいとお説教はごめんだ。「育」という言葉じたい、ひょっとしたらおせっかいのかたまりなのかもしれないのだから。

おまえのような奴は「父」とは呼ばない？

上等である。ぼくは娘たちに「パパ」と呼ばれているのだし、そういえば昔『パパと呼ばないで』なんてドラマもあったっけ。


（「読売新聞」1999・5・22）

不幸な時代には英雄が必要に……

十年ほど前、大学受験前の娘さんを持つ年長の知人に「ちょっと添削してやってくれないか」と頼まれ、娘さんが模試や予備校の課題で書いてきた小論文を何編も読まされたことがある。

全体としていかにも受験生らしいというか、そこそこ手堅くまとめた文章ばかりだったのだが、『二十一世紀の日本について』というテーマの一編を読んだとき、ぼくは思わず「マジかよお……」とつぶやいてしまった。

彼女はまず、いまの日本がいかに陰湿な社会で、足を引っ張り合う風土なのかを指摘する。そこは、まあ、もっともである。彼女に言わせれば、リーダー不在の状況こそが社会の閉塞感の最大の原因なのだという。ふむふむ。

ところが、つづけて彼女はこう書いていた。

〈二十一世紀の日本にはヒトラーのような強力な独裁者が必要なのではないだろうか〉

断っておくが、彼女はとてもまじめな高校三年生である。志望校も某国立大学の法学部。他の小論文を読むかぎりでは、政治や経済に疎いところはあるものの、ぼくの高校時代に比べるとずっと物事を深く考えているようだ。

そんな子が、ヒトラー？　独裁者？　半ばあきれ、半ばぞっとしながら、ぼくは赤ペンでその文章の横に線を引き、大きくクエスチョンマークをつけて返送した。ほどなく送られてきた改訂版では、彼女は「ヒトラー」を「ナポレオン」に、「独裁者」を「英雄」に書き換えていたのだった。

事件と呼ぶほどではない、ささやかなその出来事を、ぼくはときどき妙に生々しく思いだす。オウム真理教の事件のときもそうだったし、「酒鬼薔薇聖斗」の事件のときもそうだった。そして、小泉内閣の驚異的な支持率を伝えるニュースに接したときも……。

もちろん、一国の内閣の支持率が高いのは決して悪いことではない。支持率が一ケタの内閣がまがりなりにも成立していたことのほうが、ずっと不合理である。

それでも、ぼくは「支持率」という言葉にどうしても違和感を持ってしまう。首相がCDをプロデュースし、国会で外相を批判した議員のもとに抗議のメールが殺到する。なるほど、確かに人気はある。しかし、それははたして「支持」なのか？　むしろ「応援」なのではないか？　応援率八〇パーセント以上の内閣――怖いよなあ、と思う。なぜって、「支持」を取り消すには「NO！」を訴えることが必要だが、「応援」をやめるのは「だって飽きちゃったんだもん」の一言ですむのだから。

ヒトラー待望論を唱えた知人の娘さんは、一浪後に志望校に合格し、二十代後半のいまは税理士だか公認会計士だかを目指して勉強中だと聞いた。彼女は小泉内閣を「応援」してるだろうな、となんとなく思う。いや、それとも「小泉サンじゃ物足りないわよ」と、もっと強いリーダーの出現をいまも待ちつづけているのだろうか。

ちなみに、ヒトラーをナポレオンに書き直した小論文には、こんなメモが添えられていた。

〈「不幸な時代には英雄が必要になる」って言いますよね？〉

正しくは、「英雄が必要な時代は不幸である」なんだけどね。

（「日本経済新聞」２００１・６・19）

デパートの屋上にて

記事によって「閉店」と「撤退」の二種類の表現があった。ビジネスの世界では両者には厳密な区別があるのかもしれないが、それを抜きにして言うなら、「撤退」のほうがニュータウンにふさわしいような気がする。「閉店」より「進出」のほうがピンと来るのと同じように。

多摩ニュータウンの商業施設の核、というより街ぜんたいのランドマークだった多摩センター駅前のSデパートが、この十一月をめどに撤退する、という。

車で三十分ほどの街に暮らすぼくにとっては、日曜日の午後のささやかな「お出かけ」の行き先が失われてしまったことになる。

子どもたちとよく屋上で遊んだ。それがデパートに行くお目当てだった。電動自動車や汽車ポッポといったしょぼい遊具が置かれた屋上は、いつだってがら空きだった。行列と遠出の大嫌いな父親は、上の娘が保育園に通っていた頃はここを「遊園地」と呼ばせ、「世の中には観覧車やジェットコースターのない遊園地だってあるんだ」と無茶な言いくるめ方をして、小学四年生になったいま、ずいぶん恨まれている。

ショッピングフロアに降りても、混雑はまずない。デパート周辺の道路も、車の流れはあくまで順調。幼い子どもを連れた家族には、ほんとうにありがたい店だったのだ。

ぼくたちにとってのそんなメリットが店の側から見れば嬉しくもなんともないことなのだとようやく気づいたのは、撤退のニュースを新聞で知ったときだった。

のんきなものである。

そののんきさを許してくれないのが、つまり不況というやつなのだろうと思う。

＊

もちろん「ない」よりは「ある」ほうがいいに決まっているのだが、「ない」からといって日々の暮らしに大きな支障をきたすわけではない。ニュータウンのデパートとは、そういう存在で、言ってみれば街にとっての贅沢品なのだ。

おそらく三カ月もすれば、ぼくたちはSデパートが「ない」ことに慣れて、多少の不便さにもそれなりに折り合いをつけていくだろう。

だが、「進出」したデパートが「撤退」していくのを目の当たりにすると、なんだか街そのものが見切りをつけられてしまったような気がする。Sデパート側の経営能力を云々する以前に、「この街、デパートを擁するに価せず」の烙印を捺されたような……。

思えば、ニュータウンはしばしば「ベッドタウン」とも呼ばれる。

ベッドの街、眠るための街とは、ずいぶんな呼び方ではないか。

ここには、都心に通うサラリーマンにとっての街の意識しかない。そのまなざしで街を見ているかぎり、ニュータウンを「リビングタウン」として生きるひとびと——たとえば少年や主婦の姿はぽっかりと抜け落ちたままになってしまう。

Sデパート撤退のニュースに「デパートなら都心にいくらでもあるんだから」と言ってのけるひとには、ニュータウンの少年犯罪や主婦売春のことはぜーったいにわからないだろうな、とぼくは思う。

＊

先日、娘たちを連れてSデパートに出かけた。道路も駐車場もショッピングフロアも、あいかわらず空いていた。

「ゆーえんちが、もうすぐなくなっちゃうんだよ」と三歳の次女に話しながら（まだ懲りていない）屋上にのぼると、遊具はすべて撤去されて、がらんとした空間が初夏の陽射しを静かに浴びていた。

ぼくは半ば呆然として、かつて汽車ポッポのあった場所にたたずむ。

寂しさよりも懐かしさのほうが強い。ぼくはもう、デパートの屋上で娘たちと過ごした休日の午後を、思い出にしつつある。

白雪姫の森の中を、汽車ポッポは走っていたのだ。ニュータウンを「ふるさと」にする子どもたちを乗せて、ゆっくり、ゆっくり、走っていたのだった。（「朝日新聞」２０００・５・20）

なぜ人を殺してはいけないか

「共同体」や「倫理」「禁忌」といった言葉はつかわずに話そう、と思います。専門家ではない三十七歳のオジサンがその種の言葉をつかっても、けっきょくは誰かの受け売りになってしまうだけだし、「共同体」云々といった解答に対応する問いは、じつは「なぜ人を殺してはいけないのか」ではなく、「人を殺してはいけないのはなぜか」ではないでしょうか。

なぜ人を殺してはいけないのか——。

人を殺してはいけないのはなぜか——。

この二つは、微妙に、しかしはっきりと異なっているとぼくは思います。距離というか、切実さが違う。「人を殺してはいけない」をとりあえず認めたうえで、その理由を尋ねる後者に対し、前者のほうは「人を殺してはいけない」じたいの根拠を求めている。知識と教養に根ざした原理原則論は、後者の問いには有効でも、はたして前者の問いを放つ少年・A君に通じるのかなあ、と思います。

じゃあ、「なぜ人を殺してはいけないのか」と問われたら、どうするか。

ぼくなら、まず、A君に確認します。

「きみは、この問いを一般論で訊いてるわけ？　それとも、きみ自身の問題として訊いてるわけ？」

一般論なら、これは前述の「人を殺してはいけないのはなぜか」と切実さはさほど変わらない。「共同体」云々の話を受け売りしてもいいし、もっと話を手短に終えるつもりなら、ぼくの答えは、こう。

「殺されるほうは、すげえ迷惑だから」

他人に迷惑をかけるな――の究極は、他人を殺すな。

おそらくA君は納得しない。「関係ないじゃん、そんなの」と言い返してくる。かまいません。押し通します。納得させる必要なんかないと思います。受け入れさせればいい。納得しないものは受け入れたくない？　わはは。どこかのラッパーみたいな台詞ですね。あなたさまに納得していただくために世の中があるわけじゃないんですけどね。

で、納得していないことを受け入れさせるために、社会は刑罰というものを用意しているわけですが……そこから先の話は少年法だの死刑存廃問題だのになってしまうので、ここでは止めておきます。

ただ、ぼくたちだって受け入れておかなければならないものはあるはずです。

人は誰でも（その気になれば）他人を殺せる――。

これは倫理や社会のルールを超えて、可能／不可能の話です。能力の問題です。

納得はできなくとも、受け入れるしかない。現実を認めるしかない。いじめ自殺に直面した校長先生の決まり文句「あってはならないことが起きてしまった」ではなくて、「ありうべきことを防げなかった」という観点で、ぼくたちは殺人を、特に少年によるそれを見ていかなければならないのではないか、と思います。

その上で、再び本題に戻って、A君が自分自身の問題として「なぜ人を殺してはいけないのか」と訊いてきた場合です。

つまり、「(ぼくは殺したいのに) なぜ人を殺してはいけないのか」という問い。

ぼくは思うのです。

どうして、みんな、一言で答えようとするのだろう……。

あまりにも有名な、某討論番組でのオトナたちの絶句シーン。でも、それ、要はその場にいた皆さんが一言で答えようとしたがゆえの絶句だったように思います。あるいは、模試でおなじみの「〇字以内で答えよ」みたいなね。

そんな必要、どこにもないはずです。

ゆっくり時間をかければいい。いや、かけなければならない。なぜって、かつては自明の理だと思われていたこと、問答無用の前提だったことが、いま、問い直されているのです。

徹底的に話し合うしかない、でしょう。

ぼくなら、A君に問い返します。

「なんで、そんなことを訊くわけ?」——問いの根拠を知りたい。

「きみはいま具体的に殺したい相手がいるわけ?」——切実さの深さを知りたい。

「なんで殺したいの?」「どうやって殺したいの?」「それって、ほんとに、きみの人生を棒に振ってまでやってみたいことなの?」「『人を殺す体験がしたい』って、なんでそう思うの?」「なんで?」「どうやって?」「なにが?」「なにを?」……。

A君にはたくさんしゃべってもらいます。それくらい、してもらわなくっちゃ。甘やかしちゃダメですよ。その代わり、こっちもたくさんしゃべる覚悟です。

その果てに、A君が、な−んかバカらしくなっちゃったな、と思ってくれれば、しめたもの。

そうでなかったら、ぼくなら最後にこう言うつもりです。

「でも、殺すな」

理屈じゃない。納得しなくてもいい。ただ、伝わってくれればいい。話し疲れてしわがれた声で（それが肝心）答える、その一言の力を、ぼくは信じているのです。


（「文藝春秋」２０００・11）

学校が「安全」だって？

拝啓

今月は、ほんとうは別のテーマで手紙を書くはずでした。そのための資料も編集部に集めてもらい、おおまかな構成も考えて、あとはパソコンに向かうだけ――という状況だったのです。

でも、ごめんなさい、テーマを急遽変更します。憤りとやるせなさが薄れないうちに、どうしても書いておきたいことがあるのです。

包丁を持った男が小学校に押し入り、児童八人を刺殺した、いわゆる大阪・児童殺傷事件（ところで、〝包丁男〟とか〝レッサーパンダ男〟とか、さまざまな事件の犯人にアダ名をつけるのって、もうやめませんか？　なんだか、すごく腹立たしいのです）。

事件そのものへの怒りは、ここであらためて書きつけるまでもないでしょう。

ぼくがこの手紙で問いかけたいのは、いわば事件の周辺をめぐる部分です。具体的な事件の前段階というか、日常／非日常で分けるのなら前者、事件が起きなければごくあたりまえに口にして、また聞き流しているはずの常套句について――。

事件を報じる記事やナレーションは、衝撃と怒りを文章や声ににじませながら、何度も繰り返していました。

「最も安全なはずの学校で、このような事件が……」

それ、嘘だよなあ、と思います。

ぼくだけじゃありません。学校の現場を知っているひとなら誰だって「そんなことない！」と反論するはずです。

なぜって、考えてみてください。

小学校でいうなら、教室の中にいるのは三十人以上の子どもと、たった一人のおとな。これのどこが〝安全〟なんですか？　ふつうの会社なら当然子どももなんていない。みんな、おとな。電車やバスの車内でもここまで極端な年齢比率は、まずありえない。家の中でも同じです。おとなの人数がある程度確保されていれば、子どもを守ることもできる。でも、おとな一人で三十人の子どもを守るなんて、そんなの無理ですよ、いくらなんでも。

小学校（幼稚園でも保育園でもいいのですが）の教室は、本質的に最も〝危険〟な状態に置かれているわけです。なお、ここでぼくがあえて子どもを小学生以下に限定したわけは、中学生や高校生の場合だと、おとなが「生徒を守る」ケースだけでなく、「生徒から身を守る」ケースもあるからです。その場合でも、やっぱり、教室というのは〝危険〟な空間ではあるのですが……。

もちろん、学校が子ども過多のアンバランスな状態だということは、誰だって知っています。今回の事件を待つまでもなく、「ここに殺意を持った人物がやってきたら、子どもたちはひとたまりもないな」と感じたことのあるひとだって、きっといるはずです。

なのに、建前としては、「学校ほど〝安全〟な場所はない」となる。

それは、なぜか――。

＊

ぼくたちは〝安全〟の意味を取り違えているのではないでしょうか。〝安全〟を、システムではなく情緒でとらえすぎているのではないでしょうか。

本質的に〝危険〟な場所の学校が、なぜ現実にはめったに〝危険〟にさらされないか。それは学校が〝安全〟だからではなく、〝危険〟にさらしてやろうという悪意が（たまたま）向けられなかっただけにすぎないのです。結果論としての〝安全〟ですね。

もっとわかりやすく言えば、学校の〝安全〟は、「いたいけな子どもたちを襲うなんてありえない」「学校はみんなにとっての聖域だ」「子どもたちの健やかな成長をおとなたちが見守ろう」といった善意によって保障された〝安全〟なのです。古き良き時代の田舎を懐かしむ「昔は玄関に鍵なんて掛けなかったものだ」と同じです。

でも、残念だし、悔しいけれど、世の中は善意だけで成り立っているわけじゃない。そして善意に保障された〝安全〟は、悪意に対してあまりにも無力です。それをぼくたちは今回、つくづく思い知らされたのです。

＊

ぼくは「学校におとなを増やせ！」と短絡的に言っているのではありません。ただ、「世の中は善意だけで成り立ってるわけじゃない」という現実を前提にして、そこからどう学校を〝安全〟にするかを考える、という視点は持ってもいいんじゃないか。

ぼくの知り合いに、いわゆる荒れた学校で教鞭をとっている教師がいます。彼はしょっちゅう、こう言うのです。

「どうして教室に電話がないんだろう。せめて、職員室とつないだインターフォンがあればいいのに……」

教室でなにかトラブルが起きても、教師はなかなか外に助けを求められない。生徒だって同じです。職員室まで走っていって「誰か来てください！」では遅すぎる事態だってあるんです、たくさん。

別の知り合いは東京都の都立高校に勤めているのですが、その学校の職員室の電話は三回線しかありません。三人の教師が同時に電話を使ったら、ずーっと話し中になってしまうわけです。生徒が学校の外で事故に遭っても、事件を起こしても、あるいは先生に相談したいことがあっても、なかなか電話がつながらない。そういうのって、やっぱりおかしいんじゃないか、とぼくは思うのです。

いまの学校のありさまでは、教室からＳＯＳを発信したり、外からのＳＯＳを受け取ったりすることすら難しい。

それでＩＴ革命――？

悪いけど、笑っちゃいます。そして、笑ったあとで、薄ら寒くなってしまいます。

あなたの感想はいかがですか？

敬具

（「ミセス」２００１・８）

「わかりやすさ」は怖い

番組が始まって十分もしないうちに、席を立って帰りたくなった。プロデューサーやディレクターからは「問題発言おおいにけっこうですから、どんどんしゃべってもらって、議論を活性化してください」と言われていたが、テーブルに設えられた発言ランプのボタンを押す気は失せてしまった。なにをして時間をつぶそうかと考え、けっきょくいいアイデアの浮かばないまま、腕組みをして、うつむきかげんに、あくびをかみころしながら、番組終了までの四時間半を過ごしたのだった。

夏の終わり、某テレビ局の討論番組に出演したときのことである。

番組のテーマは子育て。一般的な育児のイメージからもう少し範囲を広げて、十代の少年少女と親や教師との関係を考えていこうという趣旨のもと、スタジオには十代の子どもを持つ親と、中学や高校の教師をはじめとする子どもたちにかかわる立場にいる人々が、それぞれ数十人ずつ集まっていた。

ぼくも、十代の子どもを主人公にする小説を多く発表しているためだろう、子どもたちにかかわる立場にいる人々の端くれとして番組に参加した。もとより書くことが商売のライターであるぼくが、のこのことテレビ局まで出かけたのには、理由があった。期待と言い換えてもいい。

マスコミに流布する一般論にはとどまらない親の本音が聞けるのではないか。それに対する教師の本音も聞けるのではないか。エゴや権力主義むきだしでけっこう、結論など求めてはいない、本音と本音がぶつかり合ったら、そこにオトナの可能性と限界とが垣間見えてくるのではないか……。

期待はあっさり裏切られた。本音もへったくれもない、スタジオに集まった親たちが我先にと発言ランプのボタンを押し、滔々と並べ立てるのは、茶髪やピアスの是非であったり、コンビニにたむろする少年たちへの嫌悪感であったり、はては「私たちの街には公園が少なすぎる」という行政批判であったりと、はっきり言わせてもらおう、あまりにもわかりやすい話ばかりだったのだ。

二年前の夏――神戸の連続児童殺傷事件を、思いだしてほしい。容疑者として逮捕された少年は、髪を茶色に染めてなんかいなかった。ピアスもつけていなかった。彼の暮らしていたニュータウンは、公園の多さが自慢の街で、コンビニが一軒もない閑静な住宅街で、しかし少年は、オトナたちの与えてくれた公園ではなく、開発から取り残されたタンク山をひとりぼっちの遊び場にしていたのである。

そのとき、オトナは苦い教訓を得たのではなかったか。茶髪だのピアスだのといったわかりやすい部分にとらわれてはいけない、ほんとうに考えなければならないのは、もっと奥深い、わかりにくい部分なんだ……と。

なぜ、忘れてしまうのだろう。

どうして、目に見えるわかりやすい部分にのみとらわれてしまうのだろう。

拍子抜けして、唖然として、そしてうんざりとしたまま、番組は終わった。

そのうんざりとした思いは、一カ月近くたったいまもまだつづいている。

あわてて付け加えておくが、ぼくは「わかりにくい部分の正体を暴くべきだ」と言っているのではない。そんなもの無理に決まっている。時代の病理や歪みは、いつだって、アスファルト道路の逃げ水のように、〝わかった〟部分の先にあるものなのだから。

教師という立場は、宿命的に〝わかった〟を求められてしまう。だが、浅薄な〝わかった〟よりも、深みにおりた〝わからない〟のほうが、ずっと意味があるはずだ。

そして、〝わからない〟を受け入れたうえで、少年少女の生きているいまの現実を、批判するのはかまわない、ただ、否定してほしくはない。

たとえば、いじめによる自殺などが報道されたとき、学校側のコメントとして「あってはならないこと」という表現がしばしばつかわれる。それを目や耳にするたびに、うんざりした思いは増してしまう。

いじめは、現実に〝ある〟のだ。それはもう否定しようのないことなのだから、〝あってはならない〃などという建前は、もうやめにしていただけないか。

ぼくはフリーライターである。フリーライターの仕事は、建前や夢物語を書くことではない。たとえそれが嫌なものであろうと、〃ある〃ものは〃ある〃、〃わからない〃ものは〃わからない〃と認めることから、すべてが始まるのだ。その先にあるものが、希望か絶望かにかかわらず。

くだんのテレビ番組を録画したビデオテープには、不機嫌きわまりない顔をしたぼくが映っている。二十年以上前の中学時代、わかりやすい部分だけをあげつらう教師に説教されていたときも、きっと同じような顔になっていたんだろうと、いま、思った。

（「中学教育」１９９９・11）

オジサンは「くさい」——のか？

オジサンは「くさい」らしい。

先日も、ある新聞の読者欄に二十代半ばの女性会社員の投稿が載っていた。この春のダイヤ改正で女性専用車両が導入された私鉄で通勤している彼女、女性専用車両の快適さを絶賛し、電車から降りると隣の車両の扉からオジサンのにおいが流れてきてがっくりした、と締めくくる。「オジサンのにおい」は、この場合「くさい」と同義だろう。

それはそれでいい。オジサンの端くれのぼくだって、女性専用車両の意義は認める。しかし、ちょっと気になることがある。「くさい」という言葉、いや言葉そのものではなく、「オジサンはくさい」がごく当然の事実のように語られることが、どうにも気にかかるのだ。

においは、見えないし、聞こえない。目に見えるものは言葉や絵で再現できるし、耳に聞こえたものも口伝てで説明できるが、においを他人に伝えるのは難しい。

これは、文章を書いて生活するぼく自身が常に痛感していることでもある。たとえばバラの花の香りを描写するとき、ぼくの語彙では「甘い香り」「鼻をくすぐるにおい」ぐらいしかとっさには浮かんでこない。あとは「……のような」と比喩に頼るしかなく、へたをすれば「バラの香りの芳香剤のようなバラの花の香り」なんて間抜けな一節すら書きつけてしまいかねないのである。

最後の手段として「ほら、このにおいだよ!」と実物を相手の鼻先に突きつけることのできる、現実のにおいなら、まだいい。オジサンのにおいも、加齢臭という言葉があるくらいだから、調合して再現することは可能なのだろう。

しかし、「くさい」が、人間としての在りようそのものに対して用いられたら——。

「くさい」は、いじめの常套句でもある。同級生の一人に「くさい」と笑われたのがきっかけでいじめられるようになった、というケースは数多い。そんな話を見聞きするたびに、憤りや悲しみよりも怖さを感じる。「くさい」というあやふやなものが誰かを嘲るためにつかわれ、しかもそれがあやふやなまま「そうだね」「あの子、くさいよね」と伝播していくことに、ぞっとしてしまうのだ。

考えてみれば、鼻の位置は目や耳よりも前にある。さらに言えば、脳よりも前だ。こじつけだとは承知のうえで、「くさい」は、ものを見たり聞いたり考えたりする以前の段階で感じ取られるものなのだな、と思う。

皮膚感覚だの嗅覚だのと呼べばカッコいいが、裏返せば理由抜き、他人に説明できない種類の感覚である。なのに、それがなぜか「な、そうだよな」「そうそう」「だって、くさいじゃん」「そう、くさいもんね」と共有され、広がっていく。ぼくだって、誰かから伝わってきた「くさい」を、気づかないうちに別の誰かに伝えているのかもしれないのだ。

一人の少年がかざすナイフに宿る「殺意」は、ある意味ではわかりやすい。しかし、「くさい」に象徴される「悪意」は、ニュースの中ではなく、ぼくたちのおしゃべりの隙間に忍び込んでいるのではないか？

すでに。こっそりと。

（「日本経済新聞」２００１・４・10）

ナイフとクラッカー

ニュースとしてはもはや旧聞に属するし、そもそも「ニュース」と呼ぶにはあまりにも他愛ない話ではあるのだが、だからこそ胸の奥にもやもやしたものがたまっているので、書いておく。

成人式の話である。高松市の式典で、数人の若者が市長の祝辞中にステージに駆けのぼってクラッカーを鳴らした、あの事件のことだ。

マスコミはおしなべて、若者たちの子どもじみたふるまいに憤り、嘆き、またあきれはてもいたのだが、ぼくがニュースでその光景を見て最初につぶやいたのは、「テロじゃなかったんだな」という一言だった。

若者が市長に向けて放ったクラッカーが、もしも拳の一撃だったら、もしもナイフの一閃だったら、あるいはトカレフの一発だったら……。

いや、ぼくは式典の危機管理うんぬんの話をしたいのではない。ナイフとクラッカーの落差、を考えてみたいのだ。

祝辞や式典など、退屈きわまりないものである。内容以前に、しかつめらしい「型」が、うっとうしい。「型」は社会の規範と言い換えてもいいし、より身近なところでは学校の授業や家族という関係も「型」にほかならないのだが、とにかくそれをはねのけたくなる気持ちは、元・若者としてよくわかる。

問題はそこからだ。ナイフに象徴される暴力的な反抗で「型」を壊すのか、それとも――。一九六三年に生まれ、一九八三年に成人になったぼく自身をその場に置いてみるなら、たぶん、ナイフとそっくりな形をしたクラッカーを選ぶ。ナイフをかざすようなポーズでステージに駆けのぼる。パーン！　と鳴らしたあと、呆然とする客席を振り向いて、ぼくは言うだろう。――「なーんちゃって」

強固な「型」を力ずくで壊したりはしない。そう簡単には壊せないことだって知っている。だから、厳粛な雰囲気を笑いとばすことで「型」をずらしてみる。

窮屈さにあらがう術や仲間内で称賛を浴びる基準は、「強さ」だけではない。「おもしろさ」もまた、ある時期から条件に加わった。小学生の頃にドリフターズの教室コントやコント55号の野球拳の洗礼を受けたぼくたちの世代が、その過渡期だったような気がする。

それを思うと、ぼくは高松の彼らを不謹慎だとは怒れない。たんにギャグが幼すぎただけだ。クラッカー派の元・若者は、「きみたちのギャグ、つまんなかったぜ」としか彼らに言えない。だらしないおとなだと叱られたら、その程度でよかったじゃないですか、と返そう。なぜって、ぼくたちは「なーんちゃって」で「型」をずらせない優等生が短絡的な強さに頼ってしまったすえの数々の悲劇をも知っているのだから……。

クラッカーを手にステージに駆けのぼる「不まじめ」な若者の陰に、椅子に座ったまま幻のナイフを握りしめる「まじめ」な若者が見え隠れしてはいないか? 時代の窮屈さは、マスコミが「一般の参加者」と伝える彼らの背中にこそ、じわじわと降り積もっているのかもしれない。ぼくにはそう思えてならないのだ。

（「日本経済新聞」2001・2・6）

転校生の哀しさ

悲しい出来事だった。〝事件〟とは呼びたくない。ましてや〝犯罪〟などとは。センチメンタルだとは承知のうえで、ぼくは、その出来事を〝悲劇〟と呼びたい。

ニュース速報ふうに言ってしまえば——「四月十四日、兵庫県尼崎市で、小学六年生の男児が母親を包丁で刺殺」。

男児はこの四月に転校したばかりだったという。新しい学校にうまくなじめず、自殺しようとして（そこまでの強い意志はなかったという報道もあるが）包丁で自分の手首を傷つけていたところを母親に見つかり、興奮して包丁を振り回したすえに母親を刺して死なせてしまったのだという。

初めて新聞でその出来事を知ったとき、「転校」の文字が目に焼き付いて離れなかった。深いため息が漏れた。

ぼくも小学生の頃、何度も転校をした。六年生の四月——ぼくも新しい学校の、新しい教室に足を踏み入れたのだった。

六年生で新しい学校に転入したときは、低学年の頃とはまた違ったプレッシャーがあった。

最上級生なのに、新入生。トイレの場所も、体育館への行き方も、給食のときの決まり事も、校歌も、行事も、なにもわからない。六年生の男の子は、思春期のとば口だ。低学年の頃は平気だった「教えて」がなかなか言えない。親切な同級生が先回りして教えてくれると、それを逆に「バカにされた」と受け止めてしまう……。

なによりキツかったのは、クラスの〝社会〟ができあがっている、ということだった。野球がうまいのは○○くん、算数が得意なのは××くん、△△くんは□□くんと仲良しで、☆☆くんとは犬猿の仲……と序列や役割が完成されたなかに、転校生は放り込まれる。低学年の頃のような人間関係の隙間をなかなか見つけられない。無理に割り込むと、はじかれる。『風の又三郎』や『ハリスの旋風』みたいに〝嵐を呼ぶ転校生〟がヒーローになるのは、現実にはそう簡単なことではないのだ。

さらに言えば、同級生は入学以来五年ぶん（人生のほぼ半分！）の歴史を共有している。「三年生の遠足のこと覚えてるか？」などと思い出話が始まると、相槌すら打てない転校生は、ほんとうに肩身の狭い思いをしてしまうのだ。

もちろん、ぼく自身の体験が、あの男児にすべて重なり合うとは思わない。「子どもに転校させるぐらいなら親父が単身赴任しろ」と言いたいわけでもない。

ただ、子どもが新しい環境にひとりきりで足を踏み入れることのプレッシャーを、親はわかっておいたほうがいいだろうな、とは思う。我が子がそのキツさを背負っているんだというのを前提に、親がフォローしていけるといいな、と思う。そして、この春、新しい学校に転入したすべての六年生に「新しい学校にうまくなじめなくても、世界中のどこだって、きみのいるところが、きみの居場所なんだよ」と伝えたい。

ぼくは言葉がつっかえて、うまくしゃべれない子どもだった。転校初日の挨拶が、いちばんつらかった。父や母が「どうだった？　ちゃんと挨拶できた？」とは決して訊かなかったことに、いま、心から感謝している。

（「日本経済新聞」２００１・４・24）

本と映画と音楽をダシにして「少年」のことを

本を見上げる少年

棚に並ぶ無数の本を、いつも見上げていた。

小学四、五年生の頃の話である。

当時、ぼくは山陰地方の田舎町に住んでいた。近所に書店などなかった。たまに家族でバスに乗ってデパートに出かける、それが楽しみだった。お目当てはデパートではなく、書店だ。買い物をする家族と別れて、町でいちばん大きな書店に足を踏み入れれば、そこからはもう、時間の流れが停まる。

本の虫だったわけではない。学校の図書室には近寄らなかったし、部屋にこもって本を読むよりも外で野球やサッカーをするほうがずっと楽しかった。そんな少年が、なぜか休日の午後を書店で過ごすことだけは好きで好きでたまらなかったのだ。

母親が買い物を終えて迎えに来るまで、いまにして思えばたいして広くもなかったその書店の中をくまなく回る。児童書やマンガのコーナーはもちろん、大人向けの本の並ぶ棚も順に巡っていく。入り口そばの雑誌コーナーにも行く。地図や辞書、画集、楽譜、回転式のスタンドに並べられた洋書に至るまで、とにかく隅から隅まで見て回る。

立ち読みはほとんどしない。棚にぎっしりと並ぶ本の背表紙を、ただ眺めるだけ。この原稿が書店向けの雑誌に書くコラムだから優等生になっているのではなく、話は単純、棚から一冊抜き取ろうにも手が届かなかったのである。

そう、あの頃、棚に並ぶ本の大半は、自分の背丈よりもはるかに高い位置にあった。背表紙に記されたタイトルを端から読んでいると、しだいに首が痛くなってくる。足も疲れてくる。それでもぼくはまなざしを床に落とすことなく、一心に本を見上げる……。

「そんなことしてて面白いのかい？」とあきれたように笑うのは三十五歳のぼくだ。小学生のぼくは「すごく面白いよ」と唇を尖らせるだろう。どこがどんなふうに面白いのか、訊かれてもうまくは答えられないし、よく考えてみたら「やっぱりつまんないや」と苦笑交じりにつぶやくはめになってしまうのかもしれないけれど、あの頃、書店で過ごす時間を持て余すことはなかった。買い物の袋を提げた母親に声をかけられると、「もうちょっと」「あと五分だけ」と答えるのが常だった。

ごくたまに、母親が「一冊、買ってあげようか」と言ってくれるときがある。ぼくは返事もそこそこに小学校高学年向けのコーナー——江戸川乱歩の少年探偵シリーズや怪盗ルパンシリーズなどの並ぶ棚に駆けだしていく。

しかし、ここでもまた、ぼくは背表紙を見つめるだけだ。手に取って表紙を確かめることはあっても、決してページはめくらない。面白そうな本であればあるほど、たとえ書き出しの一、二行であっても、この場で読んでしまうのが惜しかったのだ。

さあ、どれにする。読みたい本は何冊もある。その中から選び抜く。背表紙をグッとにらみつけるようにして、読みたくてたまらない本を一冊だけ、決める。そんなふうにして、ぼくはルナールの『にんじん』やベルヌの『十五少年漂流記』に出逢ったのだった。

いま、三十五歳のぼくは、書店をごく日常的に利用している。棚に並ぶたいがいの本は手の届く高さにあり、最上段の本を取るときには踏み台や脚立を貸してもらう。「読みたい」ではなく「読んでおいたほうがいいだろう」程度の本もさほどためらうことなくレジへ持っていくようになり、それと引き替えに、残念ながら「読みたくてたまらない」本に出逢う回数が減ってきたことにも、気づく。

だからこそ、ぼくは、あの頃の自分と同じような年格好の少年を書店で見かけると、なんともいえず嬉しくなる。本を見上げる少年のまなざしの隅を自分の本の背表紙がちらっとよぎってくれることを誇りに思う。そして、いつか少年が大人になったとき、「読みたくてたまらない」本の中にぼくの作品が含まれていてくれれば……そんなことも、ふと思ってみたりするのである。

（「日販通信」１９９８・６）

どこまでもいこう

初恋は、小学五年生だった。

片思いだったけどね。

クラスの女子のなかで、あの子はいっとう背が高かった。五年生になってから急に伸びた。実際にはまさかそんなことはないだろうけど、あの頃の感覚だと、ぼくの倍ぐらいの背丈があるんじゃないかと思っていたほどだ。

もともとスポーツが得意な子で、はっきり言っておてんばでもあって、四年生の頃までは、休み時間にしょっちゅう男子と追いかけっこしていた。

でも、五年生になると、あの子は廊下を走らなくなった。背の高さを恥ずかしがるみたいに、歩くときにはいつもちょっと背中を丸め、階段の上り下りのときにはスカートの裾を気にしていた。

あの子だけじゃない、女子がみんな遠くなった。休み時間になると女子どうしで集まって、ひそひそ話をすることが増えた。なにをしゃべっているかはわからない。息を詰めて笑いながら、こっちをちらりと見る子もいた。そのたびに、なにかを見透かされてしまった気がして、つい目を伏せたり、そっぽを向いたり、そばを通りかかった男子をことさら大きな声で呼び止めたりしたものだった。

あの子と二人きりで話をしたことは、ほとんどなかった。

だけど、偶然はときどき、ぼくたちをほんのちょっとだけ近づけてくれた。

「いつのこと」と指し示せるできごとじゃないけど、いまでもぼんやりと思いだす。

学校帰りに友だちと「バーイ」と別れて、ふと前を見ると、一人で歩いているあの子がいる。あの子も気づいているのだろう、前を向いて歩きながら、なにか気持ちは後ろをちらちら振り返っているような、いないような。

足を速めればすぐに追いつけるのに、それができない。といって、途中の交差点で曲がるのも、いやだ。つかず離れずの距離を保ったまま、歩きつづける。あの子だって、ぼくが嫌いならダッシュして帰ればいいし、どこかの角を曲がったっていいのに、なんだよ、待ってるのか逃げてるのかわからないから困っちゃうんだよ、こういうのって……。

そこから先の光景は、思い出には残っていない。けっきょく声をかけたのか、黙ったままで終わったのか、わからない。だいいち、そんなできごとが実際にあったのかどうかさえ、はっきりとはしていないのだ。

ただ、近づきたいけど近づけない「もやもや」とした思いだけは、リアルに残っている。ほろ苦いような、甘酸っぱいような、せつないような、胸の奥がほっと温もるような、なんともいえない「もやもや」の霧の向こうで、あの子はいまも小学五年生のままの笑顔を浮かべている。

＊

塩田明彦監督の『どこまでもいこう』は、たまらなく懐かしい映画だ。もちろん、描かれているのは「いま」の子どもたちの姿なんだけど、小学五年生のアキラと光一の過ごす日々は、作品を観る者それぞれにとっての、かつて過ごした小学五年生の日々にみごとに重なり合う。

ぼくの場合なら、「もやもや」。

これだよ、この感覚！――作品を観ながら、いったい何度叫びそうになっただろう。アキラも光一も「もやもや」してるんだ。「もやもや」の霧のなかで、歩いたり、走ったり、悩んだり、落ち込んだり、笑ったり、ポーカーフェイスを装ったりしてる。二人がもっとオトナなら、その「もやもや」を言葉に置き換えることができる。「もやもや」とうまく付き合うこともできるだろう。

逆に二人がもっとコドモなら、「もやもや」を感じることはなかったはずだ。世界はあくまでもシンプルで、ダイレクトで、たとえ落ち込んでも、晩ごはんをおなかいっぱい食べれば、なんとかなってたんじゃないかな。

コドモ以上、オトナ未満――なんて紋切り型の表現だけど、うつむきかげんにスクリーンの中にたたずむアキラや光一を見ていると、やっぱり、あいつら、なにかとなにかの狭間にいるんだろうなと思う。

そして、その狭間でいろんなことを体験し、いろんなものを得て、それと同じだけ、いろんなものを失っていくんだろうな、とも。

＊

小学五年生の頃、ぼくの人物評価の物差し（おおげさかな）はたった一つしかなかった。

「野球のうまい奴は、いい奴」――意外と使えたんだ、これが。

もちろん、そんな物差しはオトナになってからは使えないんだけど、新しい知り合いができたとき、いつも考えることがある。

オレとこいつが小学五年生の同級生だったら、どんな関係だっただろう……。

四年生でも六年生でもなく、五年生。歳でいうなら十歳から十一歳。そこにこだわりたい。なぜって、ぼくはいま三十六歳だけど、三十六年間のジンセイを振り返ってみると、「親友」という言葉をいちばんたくさん口にしたのは小学五年生の頃だったんだから。

四年生だと、まだ「仲良し」と「親友」の区別なんてつかない。六年生から上になると、「親友」って言葉をつかうのが照れくさくてたまらない。ここでもまた、五年生の日々は狭間……いや、なにかを素直に信じていられる頂点だったのかもしれない。

だからこそ。

「絶交」という言葉をいちばんたくさんつかったのも、あの頃だったっけ。

＊

『どこまでもいこう』のアキラと光一だって、そうだ。あいつら、「親友」なんて口にするほどおしゃべりな奴らじゃないし、ワルなところを考えると、むしろ「相棒」のほうが近いかもしれない。

いいコンビだ。サイコー。さっきの仮定にならって時間を二十六年さかのぼっていけば(長旅だなあ)、ぼくはぜったいにあいつらのケツにくっつく。クールな二人がぼくを振り向いてくれるかどうかは、べつとして。

でも、三十六年も生きてしまったぼくは知ってる。サイコーの相棒やライバルは、その関係が終わる間際にいちばん輝くんだ、ってことを。

ブッチ&サンダンス、レノン&マッカートニー、ジョー&力石……アキラ&光一。『どこまでもいこう』は、輝きの瞬間をフィルムに焼きつけた映画だ。たちこめる「もやもや」の霧を引き裂いて、照れくさいな、恥ずかしいな、でも言っちゃおう、「友情」という名の一条の閃光が走る。

そう、アキラと光一が夕暮れの河原で撃つ花火銃の光のように。団地の窓からアキラが放る紙飛行機の軌跡のように。光一が見つめるジッポーの火花のように。「男子ってバカだよね」とつぶやく珠代の瞬きのように。そして、アキラの飛び蹴り一発——ぼくらの世代の言葉でいえば「ライダーキック、トオーッ!」の、虚空に蹴り上げた右足のように。

いいや、それはすでに「ひとり」という名の閃光へと変わっているだろうか……。

どこまでもいこう。

いけよ、アキラ。いっちまえ、光一。

ぼくも、いきたかった。どこまでも、どこまでも、できればいつまでも。

いけたのかな。いった先に、なにがあったのかな。ぼくは、いまのぼくの居場所に、ほんとうにいきたかったのかな。

よくわからない。わからないからこそ、アキラと光一の姿がまぶしく、いとおしい。

二十六年前の初恋のあの子は、いま、どこでなにをしてるんだろう。親友だったあいつや、つまらないことで絶交したあいつは、元気に、幸せにやってるんだろうか。

あいつら、み〜んな、どこかの街で『どこまでもいこう』を観てくれてたら、いい。

乱暴者で作文が得意だったシゲマツって奴がいたことを思いだしてくれたら、いいな。


（映画『どこまでもいこう』パンフレット　1999・10）

＊

ハッタリとクヨクヨの狭間で

「素直であれ」とか「自分らしくあれ」っていう言葉、ぼくは好きじゃない。それって「少年」には一番似つかわしくないものだと思う。

二十数年前、「少年」と呼ばれていた頃のぼくは、ありのままの自分が大嫌いだった。いまの自分じゃない自分になりたくてしかたなかった。だから、背伸びしたり、すぐばれる嘘をついたり、いきがってみたり……。オトナからはよく怒られた。でも、自分を実際より大きく、カッコよく見せたい、という思いのない「少年」の日々って、すごく退屈だと思わないか？

見栄を張ること。わかりやすく言えば、ハッタリをかますこと。その心地よさを存分に味わえるのが、まず矢沢永吉の自伝『成りあがり』。一九六九年の高校三年生が主人公の村上龍『69』もそうだし、オジサン漫画でおなじみの東海林さだおの『ショージ君の青春記』も、ハッタリだらけだ。

いまの自分をゆるやかに肯定して楽しむ「まったりした日々」もいいけど、「ハッタリの日々」だって、きっと楽しいと思うよ。

＊

「こうなりたい自分」へのアプローチがハッタリなら、逆に「こうなりたくなかった自分」を振り返ってしまうのが、クヨクヨ。

ぼくはよくハッタリもかましたけど、すぐにクヨクヨする「少年」でもあった。だから、やっぱりオトナからはよく怒られた。最近のベストセラーと同じ「小さいことにクヨクヨするな!」って感じで。

でも……しちゃうんだよ、小さいことに、クヨクヨ。君らはどう? しない? 恥ずかしいから人に言わないだけで、じつはみんなたくさんしてると思うけどなあ。

ルナールの『にんじん』や中島らもの『僕に踏まれた町と僕が踏まれた町』を読んでごらん、クヨクヨのものがなしさが全編に漂って、胸がキュンとなっちゃうから。

＊

ぼくは、「少年」を「ハッタリとクヨクヨの間を激しく揺れ動く年代」と定義づける。その振幅が小さくなることを「オトナになる」と解釈する。

ねえ、君、妙に早くからオトナになってない? 最近どんなハッタリかました? どんなことにクヨクヨした?

そのコツがうまくつかめない「オトナ少年」のために、以上の五冊、セレクト——。


(「朝日新聞」1999・5・29)

「癒し」はウサン臭い

最近「癒し」の言葉なんてのがウケてる、らしい。

ほんとかよ。

いや、まあ、それはほんとうなんだろうけど……どうも「癒し」はウサン臭い。もともと「癒す」は、痛みを取り除いたり、長い間欲しかったものを与えて満足させたり、という意味だ。でも、「あなたはどんな痛みがあるの？」「きみはなにが欲しいの？」と尋ねられたら……癒される前に（ここが肝心）答えられるひとって、意外と少ないんじゃないだろうか。

まずは「痛み」のありかや、「欲しいもの」の正体を見定めること、認めること——そこから、でしょう。

ギャグマンガの巨匠・赤塚不二夫さんの対談集『これでいいのだ。』は、「癒されたい」なんてこれっぽっちも思ってないひとたちの本音満載の一冊。北野武、立川談志、松本人志、タモリ……ゲストも皆さん「癒し」とは無縁の濃いひとばかりだが、とにかくホストの赤塚さんがすごいのである。

ガンを告知され、酒と煙草を禁じられながらも、呑む呑む、吸う吸う、対談中に居眠りをして、バカボンのパパのコスプレで町を歩いて……。

もしかしたら、それを「痛々しい」と評するひともいるかもしれない。だが、赤塚さんの境地は、常識／非常識、生／死の枠組みを超えて、『天才バカボン』の名言どおり「これでいいのだ」。すべてを受け入れる、いわば「認め」の言葉である。

自分の「痛み」が、ここにある——これでいいのだ。

「欲しいもの」は、これなんだ——これでいいのだ。

そして、きみは、きみ——これでいいのだ。

相田みつをさんの「にんげんだもの」がありなら、「これでいいのだ」なんてもっとありじゃん、とぼくは思う。

『岸和田少年愚連隊』でおなじみの中場利一さんが両親をモデルに描いた青春恋愛純情ケンカ小説『えんちゃん』も（というか中場さんの小説はすべて）、「これでいいのだ」精神にあふれている。

好きなものは好き、嫌いなものは嫌い、すぐ殴る、ヤバけりゃ逃げる、そしてもちろん恋は一途……。コテコテの関西系ギャグがちりばめられた中場さんの小説が、下品さとも思わせぶりな湿っぽさとも無縁なのは、主人公はもとより、脇役のセコい連中一人一人にいたるまで、たとえ嫌われながらも決して否定されてはいないからじゃないか。「ワレはこれでええんじゃ、文句あるんかいコラ」なんていうふうに、作者と、作者の描く世界が、彼らをみーんなまとめて認めてくれているからじゃないだろうか。

もちろん、世間には「これでいいのだ」と言いたくても言えないことのほうが多い。オトナには立場とか建前ってやつがあるから。たとえば学校という場は、その最たるものだろう。

だからこそ、いつか中場さんが描く教師モノの小説を読みたい。『中場流・坊っちゃん』

を、ぜひ読んでみたい。

意外と「待ってました！」といちばん喜ぶのは、きみたちの先生だったりしてね。

（「朝日新聞」２０００・３・25）

ひとの暮らしをなめんなよ

ひと昔前——もしかしたらふた昔前になるのかもしれないけど、とにかく昔の話だ。

あの頃、子どもの〝食〟は親の管理統制下にあった。「晩ごはんまでに帰ってくる」というのは、とりたてて門限の決まっていない家でも暗黙の了解になっていたはずだし、母親とケンカをするときは晩ごはん抜きになってしまうリスクを背負わなくちゃいけなかった。だからこそ、夜中に腹が減って「なにか食うものあるかなあ」とキッチンをごそごそ探るのは楽しかったし、友だちと買い食いするのはもっと楽しかった。

コンビニが街になかった時代の話である。

いまは、わが家のキッチンに一歩も足を踏み入れなくても、お金さえあればいつだって空腹を満たせる。お金がなかったら……オヤジ、狩るのかよ。こらこら。

小林キユウさんの『トーキョー・キッチン』は、東京で一人暮らしをするひとたちの

〝食〟を描いたルポルタージュ。外食ではなく、わが家でどんな食事をしているか、どんなキッチンでどんな料理をつくっているかを、文章と写真でつづっていく。

ふるさとのわが家のキッチンに比べると、一人暮らしのキッチンは、設備も冷蔵庫の中身も貧弱なものだ。料理だって、おふくろの味なんてものからはほど遠い。「懐かしいなあ」と自分のセーシュンを振り返るオトナもいるかもしれないし、「いまどきの若い奴らは……」とチープな食生活を嘆くオトナもいるかもしれない。でも、ひとからなんと言われようと、ここには確かに彼らの暮らしがある。ここから始まるものが、貧しいキッチンからしか始まらないものが、ぜったいに、ある。

いまはわが家のキッチンしか知らないきみにも、いや、そんなきみだからこそ、本書で紹介されたキッチンに憧れてほしい。ひとが暮らしをいとなむことの意味を、理屈なんていいから感じてほしい。

三善里沙子さんの『中央線なヒト』もまた、ひとびとの暮らしがつくった一冊だ。東京と高尾を結ぶJR中央線の沿線に暮らすひとびとの生態や街の様子をユーモアたっぷりに描いた著者の観察眼は、鋭くて、優しい。からかったりツッコミを入れたりしながらも、ひとや街や仕事――つまり暮らしが好きで好きでたまらない、というのが伝わってくるのだ。

中央線なんて知らない？

地方に住んでるから、かんけーない？

そんなことないって。

どこの路線でもいいんだ。道路だっていいし、商店街だっていい。県でも町でも、学校でも……きみの家族をネタにした『〇〇家なヒト』だってかまわない。応用・発展はいくらでも可能だ。

もちろん、暮らしってやつは、それほどカッコいいものじゃない。「ガンチュウねーよ」なんて言って、そっぽを向いておきたい気持ちも、なんとなくわかる。

でも、少なくとも目玉焼きをつくったことのない連中に「遊ぶ金ほしさ」で狩られたくないなあ、と思う。これ、三十七歳のぼくの本音です。

（「朝日新聞」2000・4・22）

だいじなことは小さな声で語られる

事件はいつだって突発的に起きる。だから最初は誰もが驚く。報道の声は、それをあおるように大きく、甲高く、ときには裏返りながら、この国ぜんたいに響きわたる。

事件が終わっても、声の大きさは変わらない。最初の驚きが失せたあとも、原因究明・再発防止・責任の所在探しの名のもとに、みんな大声で怒鳴る、嘆く、しゃべる、警告する、「十七歳注意報」発令中……。あー、うっせえ。

静かな本を選びました。

その気になればいくらでも声高に書けるはずの話を、ぼそぼそとつぶやくように書きつづった本を、二冊。

『90くん』は、タイトルどおり一九九〇年代のさまざまな事件や流行を題材にしたエッセイ集だ。

序章としての昭和の終わり（一九八九年）から昨年のガングロ女子高生まで、大槻ケンヂさんは時代の流れを横目に見つつ、等身大の話しか書かない。ソ連崩壊に「いんちきソ連人レスラー」の今後を案じ、湾岸戦争を「センソー」としか実感できず、酒鬼薔薇聖斗を名乗った少年は榊原郁恵ファンじゃないかと推理する……。

話のスケールはほんとにセコい。でも、だからこそ、激しく動きつづける時代の流れにかき消されてしまいがちな、一人の人間にとっての九〇年代が、リアルに浮かび上がってくる。新聞の見出しを並べた九〇年代じゃなくて、朝刊を読んだあとの「まあ、それはそうなんだけどさ」から始まる日常が、この一冊には詰まっているのだ。

一方、カメラマンの鴨志田穣さんと漫画家の西原理恵子さんの共著（じつはお二人は夫婦でもある）『アジアパー伝』に描かれているのは、さまざまな事情を背負ってアジア各地に生きる日本人。自らもその一人である鴨志田さんは、登場するひとたちのドラマチックな人生や暮らしぶりを「どうだ、すごいだろう！」と紹介するのではなく、逆に、文章にしてしまうことでなにか大切なものがこぼれ落ちてしまわないかと心配しつつ、ぼそぼそとした静かな声で、ときおりうつむいてため息をつきながら、筆を進める。

文章は決して巧くはない。けれど、自己嫌悪といとおしさが絶妙のバランスで混ざった「僕らダメ日本人」の姿は、痛快でありながら、本を閉じたあとに、ほんのりと胸が熱くなるせつなさを残してくれるのだ。

考えてみれば、ぼくたちはずっと「自分の意見をはきはきと言うように」と教えられてきた。もちろん自分の意見を持つことは大切だけど、それを「はきはき」と口にしなくちゃいけないってのは、けっこうキツくないか？

もっと「はきはき」と、もっと大きな声で……。これって、「世間をアッと言わせたい」なーんて野望と、どこかでつながってる気がする。顔のないインターネットの世界では声の大きさは関係ないんだよなあ、とも。

テレビのボリュームを、とりあえず少し下げてみよう。

どうせ「ぼそぼそ」としているはずのきみの声が、隣の誰かに届くように。

（「朝日新聞」２０００・５・27）

「負け」に負けないで

だまされないほうがいい。

「青春には無限の可能性がある」なんて言葉は、たぶん嘘だ。中学生や高校生の日々、それは「自分はなんでもできる」と信じていられたコドモ時代に別れを告げ、真夜中に街の灯が一つまた一つと消えていくように「できること」が減っていく数年間なんだと認めるところから始めよう。

だって、それが現実だもん。「あってはならないこと」のはずのいじめが現実にはイヤってほどあるように、夢や可能性だって、そうそういつまでも丸ごと持っていられるわけじゃない。

挫折、あり。負け、あり。あきらめ、あり。自分の思いどおりにならないこと、山ほど、あり……。それを受け止める力をつけるのも、中高生の日々の必修科目なんじゃないかな、と思う。

『鉄輪』は、写真家の藤原新也さんが、実家の破産によって北九州市門司から別府温泉鉄輪に移り住んだ高校時代を振り返って綴った自伝小説。それまで苦労知らずだった藤原少年は、生まれて初めての町で、見知らぬひとびとに囲まれ、家計を助けるためにアルバイトに励みながら高校生活を送る。

さあ、ここで藤原少年は世間を憎んだか？　運命を恨んだか？　そうじゃない、少年はひとつの（自分のせいじゃない）挫折を静かに噛みしめる。思いどおりにならない世の中だからこそ、一つ一つの出会いをいつくしむ。悲しみや絶望を心が濾過してくれたあとに残った情景を三十一篇のスケッチに描き出したのが、本書なのだ。

繰り返すけど、可能性の明かりはいつまでも無数に輝いてはいない。でも、暗闇のなかにぽつんと瞬く明かりは、むしろまばゆさに包まれているときよりも温もりを感じさせてくれるものだ。

就職活動中の女子大生が主人公の三浦しをんさんの『格闘する者に○』は、氷河期がつづく女子大生の就職事情を背景に、人生のさまざまな始まりに立ち向かうおねーさんを、元気いっぱいに描き出す長編小説。

オトナでも社会人でもいいんだけど、なにかに「なる」というのは、そう簡単なことじゃない。状況はなかなか好転しない。なにごとも思うようには進まない。就職、やっぱ無理かも。卒業後はプータロー――「毎日が日曜日」状態が待っていそうだ。それでも、主人公の可南子は言う。

「たとえ『毎日が日曜日』になっても、自分を信じて生きていこうと思います」

最後の最後に残る明かり、これだよ。ここだよ。なんだか『青い鳥』みたいだけど、どんなに風が吹いても消えない唯一の明かりは、自分の胸の中にあったりするわけだ。

しつこく言うぞ。何度でも言うぞ。中高生の数年間は可能性が減っていく日々だ。挫折や敗北感を嚙みしめる連続だ。でも、だからこそ、受験の失敗でも失恋でもなんでもいい、「負け」に負けてしまわないでほしい。「負け」を正面から受け止める、その心だけは勝っていてほしい。ちなみにぼくは高校を卒業するまで矢沢永吉になりたかった男です。

（「朝日新聞」2000・6・25）

こんな見方だって、あり

ごめん。いいかげんうんざりしてると思うけど、十代の犯罪について、ちょっとだけ付き合ってほしい。

十代が犯罪を起こしたり、逆に自殺したりすると、必ずといっていいぐらい「犯行（自殺）をほのめかすメモ」の類が発見される。

書いちゃうんだなあ、とため息交じりに思う。胸の奥のもやもや——現実的な絶望や憎悪や殺意に至る前のもやもやを言葉にせずにはいられなかったんだなあ、と。

「活字離れ」「本嫌い」なんて呼ばれる世代の少年が、胸の奥のもやもやを言葉で表現したくて、もがいて、苦しみながら、たとえ断片でも文章を書き記している。そのことが、文章を書いてメシを食っているぼくからすると、不謹慎かもしれないけど、なにか嬉しい。でも、もちろん、その何倍も悲しい。

言葉の力を信じてくれるのはいいけれど、「もう殺す（死ぬ）しかない」と思い詰めるために言葉が用いられるのだとしたら、それはすごく悲しいことだと思う。言葉ってやつにはそんな力もあるんだと認めて、でも、そのうえで、思い詰めた心をフッと楽にしてくれる力だってあるんだぜ、とわかってほしい。

今月の二冊は、言ってみれば「思い詰めないための言葉」が詰まった本だ。

インド人の青年が東京観光をする『インド人、大東京をゆく！』も、新聞の死亡記事のサイズを切り口に著名人の生前の功罪を語っていく『爆笑問題の死のサイズ』も、その原点は、「こんな見方だって、あり」という発想。

しかも、爆笑問題はもちろん二人組だし、『インド人』のほうは、どうやら日本人の著者・黒田信一さんがインド人になりすまして書いている、つまり一人二役を演じているようなのだ。

ここが、二冊のキモ。二人いれば対話が成り立つ。一つの物事に対する視線が二つになることで、感じ方や考え方に奥行きが出てくる。ボケとツッコミでもいいし、反対意見だって出てくるだろうし、話がどんどん脱線もするだろうし、インド人のつもりで東京を眺めてみれば、そりゃあもうヘンなことだらけ……。

胸の奥のもやもやを、ひたすらつぶやくようにして書いていくのもいい。でも、たとえば落語みたいに、もう一人登場人物を入れてみない？　「その気持ちはわかるけどさ」と苦笑したり、「そこまで言うか？」なんてあきれたりする、ちょっとクールな奴を。さらに手っ取り早く対話をするのなら、自分が書いたものを読み返して、読者の感覚で作者に納得したり反発したりすればいいわけだ。

バモイドオキ神みたいにワケのわからないでっかい存在を読者にして、そいつに捧げる文章を書いているひともいるかもしれない。じゃあ、今度は作者から読者にツッコミ入れちゃえ、口ゲンカしちゃえ。読者に命じられ、操られたすえにヤバいことになっちゃう前に、「オレ、バモイドオキに勝っちゃったよ」なんて笑えたら……。甘いかもしれないけど、言葉にはそういう力だってあるんだと、ぼくは信じている。（「朝日新聞」2000・7・22）

手加減するな

今回は、「先生はすすめない本」の連載タイトルと合わない本選びになってしまった。特に『乙武レポート』。これはいかにも先生が勧める本だろうなあ、と思う。夏休み前に読書感想文の宿題を出した先生が、「なに読めばいいかわかんない」とぼやく生徒に「たとえば」とこの本を紹介する光景、すごくリアルに目に浮かぶ。

でも……「あの乙武くんがニュースキャスターに挑戦した一年間を振り返った本だよ」なんて中高生に紹介する先生がいたとしたら、「ちょっと待ってよ」と言いたい。

だって、乙武洋匡さんは二十四歳の社会人だぜ？　自分の責任においてモノを書き、発言をしているオトナだぜ？　なんでいままでも「くん」付けされなきゃいけないわけ？

親愛の情の証であるはずの「くん」付けが、現実には自分との間に一線をひくために用いられてはいないか。同時代の現実を生きている乙武さんを、まるで感動ドラマの主人公のように見なして、「乙武くん」という名前のキャラクターにしていないか。「くん」付けで「優しさ」や「親しみ」をアピールすることで、じつは高みからの「同情」や「好奇」の視線をごまかしていないか……。

こんなふうに力んで、言葉足らずのおせっかいをすることじたい、乙武さんにとっては迷惑かもしれない。ごめんなさい。でも、中学生や高校生が「乙武くんってさー、えらいよねー」なんてしゃべってるのを聞くと、とにかくむしょうに腹が立ってしまうのだ。年上のひとは「さん」付け、もしくはいっそフルネームで呼び捨て。それがオトナへの礼儀だと思います（本人の前で呼び捨てはダメだぜ）。

そのうえで、ぜひ読んでもらいたいのが、『ラブ&フリーク』。障害者プロレス団体「ドッグレッグス」の代表・北島行徳さんが、レスラーたちの日常――恋愛や友情、家族との生活について綴った本書は、障害者をとりまく現実の厳しさをはっきりと描き、レスラーたちの弱さや甘えからも目をそらさない。だからこそ、登場する面々の誰一人として「くん」付けの似合うひとはいないのだ。

健常者レスラーとして「ドッグレッグス」のリングに立つ北島さんは、障害者レスラーから、こう言われる。

〈手加減するな〉

そう、手加減しちゃいけない。『乙武レポート』だって、有名人になったことへの困惑や韓国の障害者の少年にインタビューしたときの葛藤など、「感動」や「尊敬」には収まらない読書感想文のネタ（って失礼か）はいくらでもあるんだから。

乙武さんは疲れ気味に言う――〈虚像と実像の差は、ますます広がっていく〉。

北島さんは障害者レスラー相手に全力で闘うことにためらいを感じる本音を告白したうえで、〈しかし〉とつづける――〈（障害者レスラーたちと）気持ちが通じ合う瞬間があるとするならば、それは手加減なしの闘いの中にしかないのだろう〉。

この二冊、読者として手加減なし、ガチンコで読むことをお勧めする。

（「朝日新聞」２０００・８・26）

子どもだからお金の話をしよう

お金と子どもは、相性が悪い。「子どもがお金の話なんかするもんじゃない!」なんて言葉、きみたちも一度や二度はぶつけられたことがあるんじゃないだろうか。「無垢」で「純情」な子どもたちを、オトナの欲望渦巻くお金の魔力からなるべく遠ざけておきたい。そんなふうに考えるオトナは、たくさんいるんだと思う。

でも、テレビや雑誌の広告を眺めてみればすぐにわかるけど、子どもはりっぱな「消費者」だ。もしかしたらオジサンよりずっとたいせつなお得意さまかもしれない。「消費者」——すなわちお金をつかう役割はオトナの社会から与えられているのに、特に中学生は、アルバイトすらめったに許されない。お金を稼ぐ手段を封じられていながら、お金のつかい道は「これでもか!」と広告が煽りまくるなんて、アンバランスで、アンフェアな話だ。

でも、その状況に折り合いをつけながら生きていかなくちゃいけない。オヤジ狩りとかで収支のアンバランスを解消するんじゃなくてさ。

今回の二冊は、そのための参考書になるんじゃないかと思って選んでみた。

ムラマツエリコさんの『k.m.p.の金もーけプロジェクト。』は、〈勢いで、会社やめちゃった〉女性二人が、〈すきなコトでおしごとをつくる〉ために、フリーマーケットから本づくりまでチャレンジしつづけた試行錯誤の記録。〈金もーけ〉は、もちろん簡単なものじゃない。この本を出したあとも、著者の二人にはいろいろ大変なことが待ち受けていそうだ。

でも、二人は〈おしごと〉を与えられるだけの会社員生活をやめて、自分で〈おしごと〉を見つけだして社会の中で生きていこうとしている。甘さやノーテンキさもぜんぶ含めて、二人の奮闘は「オトナの文化祭」みたいで、とにかく気持ちいいんだから。

一方、『うさぎの行きあたりばったり人生』は、本業のファンタジー作家以上に昨今は「ショッピングの女王」の顔のほうが有名になった中村うさぎさんの、徹底した「消費者」としての半生を綴った自叙伝。

〈抑えがたき物欲と衝動的な浪費と地獄の借金にまみれて生きる、日本一の大バカ女〉と自己紹介するだけあって、この買いっぷり、とにかくすさまじい。

それでも、本書はたんに露悪的に買い物遍歴を披露しているだけじゃない。著者は自分自身を距離を置いて見つめている。なぜブランドに惹かれるかを著者は自問し、自答する。〈私の人生には、どれほどの価値があるのだろう……その問いに、答えが見つからないからだ〉。

もちろん賛否両論はあるはずだけど、だからこそ、この「消費者」の本音は痛切に胸に響くはずだ。

「子どもがお金の話なんかするもんじゃない」――逆だよ、とぼくは思う。子どものうちにこそ、お金についてしっかり話して、考えておいたほうがいいんじゃないか。

で、いまふと思った、「お金」を「セックス」「暴力」に置き換えても、それ、成り立つんじゃない？

（「朝日新聞」２０００・９・23）

「知る」ことから始まる

キツい本を選んだ。

現実に起きた殺人事件の犯人に焦点をあてたノンフィクションを、二冊。「ひとの痛みを想像しろ」だの「命の尊さを想像できないなんて……」だのと言われどおしのひとに読んでもらいたくて。

想像という行為は、「できてあたりまえ」なのだろうか。そこが、ぼくにはよくわからない。

たとえば「火星人を想像しなさい」と言われたら（のんきな例でごめん）、ぼくはタコみたいな宇宙人を思い浮かべる。子どもの頃に「少年マガジン」などのグラビアで見た火星人の姿が記憶に残っているせいだ。それがなかったら、おそらく火星人とタコはつながらない。最初にタコ形火星人の絵を描いたひとだって、タコという生きものを知らなければ、はたしてあんな形を描いただろうか……。

ちょっと乱暴に言ってしまえば、知識や情報や体験のとっかかりがないまったくの独創的な想像なんて、じつはほとんどないんじゃないか。

だとすれば、ひとの痛みや命の尊さへの想像力を育むことだって、「知る」ことから始めてみてもいい。

藤井誠二さんの『17歳の殺人者』は、一九八九年の女子高校生コンクリート詰め殺人事件を犯した少年（当時）たちの事件前の生活や公判での発言のリポートを中心に、別のリンチ殺人の被害者の遺族の姿や裁判所の対応などを綴る。

一方、祝康成さんの『19歳の結末』は、一九九二年に千葉県市川市で一家四人を惨殺した少年（当時）の生い立ちと、一審二審ともに死刑判決を下された彼の「いま」を描きだす。

二冊ともに、楽に読み進められる本じゃない。克明に再現された事件そのものの経緯以上に、少年の漏らすこんな言葉が、キツく、重い。

〈特になにも思ってないです〉〈なにも考えてないです〉〈考えても、わからないので〉（『17歳の殺人者』）

〈すべてがなかったことになればいいのに、と思います〉〈どうやって反省していいのか、分からないのです〉（『19歳の結末』）

なにかがぽっかりと抜け落ちてしまったような、うつろな言葉に、二冊の本の著者はそれぞれ徒労感に襲われ、やりきれなさに包まれる。

だが、きみたちは無理に筋の通った感想を持つ必要はないんだと思う。オトナを納得させるための倫理や正義感を借りてくるぐらいなら、ただ黙って、本を閉じればいい。少年のうつろな言葉を「知る」こと、取材をする著者の思いを「知る」こと、被害者の悲しみや怒りを「知る」こと、もっといえば未成年だって死刑判決は出るんだと「知る」こと……まずはそこからで、いいんじゃないか。

「本を読んだぐらいでわかった気になるな」「人間としての常識でさえ本を読まないとわからないのか」という声がどこかから聞こえてきそうだけど、そういうひとの抱く想像だってニュースキャスターやワイドショーの受け売りだったりすること、意外と多いんだから。ときどき「同情」や「付和雷同」に形を変えたりしてね。

（「朝日新聞」２０００・10・28）

観てから文句言いなよ

中学生同士が殺し合う――確かにショッキングな話ではある。しかし、これはあくまでもフィクションの世界の出来事。〝小説〟であり、〝映画〟である。

ところが、どうやらおとなたちはフィクションに〝現実〟を食い荒らされることをひどく恐れているらしい。

深作欣二監督の映画『バトル・ロワイヤル』がR－15指定（十五歳未満鑑賞禁止）を受けたとのニュースに接したとき、おとなの端くれであるぼくは、なんとも言えない脱力感に包まれた。

ちょっとガキっぽいつぶやきに置き換えるなら、「あーあ、ちゃぶ台、一人でひっくり返しちゃったよ……」。あるいは、「あーあ、また一人で『晩ごはん抜きよ！』と吠えてるよ……」。

頑固でわからず屋のお父さんが「問答無用！」と居間のちゃぶ台をひっくり返すというのは、一昔前、いや二昔前の親子喧嘩のおなじみの光景である。しかし、そんなオヤジの怒りが効果を持つためには、子どもは居間にいなければならない。子どもがさっさと自分の部屋にひきあげたあとでちゃぶ台をひっくり返したって意味がない、というより、これはもうコントの世界である。

お母さんの十八番「晩ごはん抜きよ！」だって同じだ。かつてのお母さんの城は、台所。つまり子どもたちの〝食〟はお母さんの管理下に置かれていたわけなのだが、いまはどうだ、「晩ごはん抜きよ！」「あ、そう、じゃあコンビニ行ってくるから」でおしまい。台所に立てこもって憤然とするお母さんをよそに、子どもたちは軽い足取りでコンビニやハンバーガーショップに向かうのである。

そんな時代に、一編の商業映画に対して十五歳未満の鑑賞を制限することに、いったいなんの効力があるのだろう。

我が子をキケンなものから遠ざけておきたい――？

でも、その我が子は、いま、ほんとうにお父さんやお母さんの目の届くところに座っていますか？

そして、ここが肝心、中学生に見せたくないと良識あるおとなが判断した『バトル・ロワイヤル』を、良識あるおとなの一人のあなたは、ご覧になりましたか？

思いだしていただきたい。『バトル・ロワイヤル』をめぐって最も議論が沸騰したのは、公開前のR－15指定をかけるかどうかの時期だった。ところが、R－15指定が正式に決まったあとは、それに異議を唱える制作サイドの声や識者のコメントが紹介されることはあっても、『バトル・ロワイヤル』の内容については、ほとんど語られることがなかった。〝中学生同士が殺し合う映画〟という、あらすじや要約にすら至らない、週刊誌の見出しレベルの言葉だけが社会に流通して、それでなにか問題が解決したような気になってしまっている。

だが、ぼくは、そこにこそ一番大きな危うさがあると思うのだ。子どもに観せてはいけないと判断した根拠を一人一人のおとなが確かめることなく、「R－15指定に決まったんだから」という理由で納得してしまう……。それでいいんですか？　そこまで〝お上〟に任せてしまって、ほんとうにだいじょうぶなんですか？

『バトル・ロワイヤル』の問題は、たとえば少年によるナイフ殺人のあとに巻き起こったナイフ販売規制にも重なり合うだろう。とりあえず臭いものに蓋をして、しかもその蓋を法律だの規制だのに頼って、けっきょく問題の根っこには触れないまま、である。

ぼくは『バトル・ロワイヤル』のR－15指定には反対である。原作小説を読み、映画を観た立場から言わせてもらえれば、確かにショッキングな設定であり、目をそむけたくなるような殺戮シーンもある。だが、それらの暴力性の奥には、〝生きることとは、なにか〟の問いかけがあった。少なくとも、ぼくは、そう感じた。だから、中学生にも観てもらいたいと思ったし、いまは小学生の自分の娘にも、いずれ「観てみなよ」と言ってやりたいとも思った。

もちろん、「そんなことはない。あの映画は残虐なだけで、中学生が観るべきものではない」という意見があったっていい。そんなふうに感じたひとは我が子に観せなければいいだけのことだ。しかし、最初から観ていないひとには、そう判断することすらできないだろう。『バトル・ロワイヤル』は、おとなも、いや、おとなだからこそ、観ておいたほうがいいんじゃないか。そして、どこがどんなふうに「青少年に悪い影響を与える」のかを自分の目で、自分の考えで確認する。すべてはそこから始まるのだし、そこからしか始まらないんじゃないかとぼくは思うのだ。

できれば、親も子どもも『バトル・ロワイヤル』を観て、「おまえはどう思った？　お父さんは、こう感じたんだけどな」と話してみればいい。子どもの感想に、びっくりしたり納得したり、いろんなことを発見してみればいい。

去年あたりから盛んに言われるようになった「命の重さを教える」というのは、意外とそういうところからアプローチできるのではないかと思う。

さらに言えば、文部科学省は「ゆとりの教育」を掲げている。ならば、教科書から離れ、教室から出て、一編の〝問題作〟と呼ばれる映画をめぐって、親子で、教師と生徒で、生徒同士で、話し合いができる――それが真の意味での〝ゆとり〟なんじゃないか？

『バトル・ロワイヤル』は配収二十億円のヒットを記録し、去る四月七日には特別編も上映された。特別編上映にあたって、中学校を卒業したばかりの若者は特別割引料金で入館できたという。

ほら、子どもたちは居間を出ていき、台所に背を向けてコンビニに向かった。無人の居間でちゃぶ台をひっくり返したり、台所に籠もったりしている暇は、ないんじゃないかなあ……。

（「東海総研マネジメント」２００１・６）

歳をとるのも捨てたものじゃない

いまのご時世、オトナになることは得なのだろうか、損なのだろうか。

子どもに我慢をさせるときの決まり文句——「オトナになってから、いくらでもできるんだから」の説得力は、どんどん弱まっていると思う。就職だって大変だし、初任給なんてパラサイト時代のお小遣いより少ないし、服装や髪型だって好き勝手にはできないし……ガキの頃の我慢に釣り合うほどの「いいこと」がオトナの日々にあるとは、どうも言えないみたいだ。

だから、「オトナにならなくてもいいや」「ガキの頃に好き勝手やっとかないと」という考えになるのも、共感はできないけど、なんとなくわかる。ぼくだって、さんざん「モラトリアム」と批判された世代の端くれだし。

でも、歳をとるのは、そう捨てたものでもない。中途半端に歳をとった時点で「オレらの若い頃は……」なんて言うのはカッコ悪いけど(それをぼくはしょっちゅうやってるわけですね、ごめんなさい)、いっそ五十年後なら自慢話も伝説になる。

清水ちなみさんの『じいちゃんの伝説』は、その名のとおり孫娘たちが報告する我が家のじいちゃんの伝説・百数十連発。

「麻酔なしで扁桃腺手術を受けた」「耕耘機で汽車を止めた」「死んで二十年たってもトイレ

の天井にじいちゃんのウンコがついてる」……代々語り継がれてきたホラ話もきっとたくさんあるだろうし、間抜けな伝説も数多い。でも、すべての報告の根っこには、いまとは違う時代を生きてきた祖父に対する孫の世代からの苦笑交じりの愛が息づいている。

親子の歳の差ではその余裕は生まれづらいかもしれないけど、「ウチの親がじいやばあになったら、どんな伝説を語り継いでやろうか」なんて考えてみるのもいい。そのときのきみたちの顔は、きっと親に対して優しくなっているはずだから。

一方、五十年とは言わず、もっと身近なところでオトナになることを「いいかもしれない」と感じたいひとには、橋口譲二さんの『17歳の軌跡』を手にとってもらいたい。こちらは、一九八七〜八八年に全国の十七歳の若者を取材した著者が、十年後にあらためて彼らを訪ね歩いた記録。彼らは、どんな十年間を過ごし、どんな「いま」を生きて、どんなことを思っているのか……。

五百ページ以上ある分厚い本だから読みとおすのはキツいかもしれないけど、登場する若者の二枚の写真——十七歳の頃といまの姿を見比べるだけでもいい。「変わったなあ」「あの頃のまんま」「ハゲてきてないか?」「太ったよね」……感想はさまざまでも、一人ずつの生きてきた十年間が、ここにある。その重みを感じてほしい。そして、彼らはみんな死ななかったんだな、と嚙みしめてほしい。

人間生きてりゃいいことあるさ、と言いきる自信はぼくにはないけど、生きることはただそれだけで「いいこと」であるんだと、あってほしいんだと、ベタなことをつい思ってしまうオジサンの晩秋なのであります。

（「朝日新聞」２０００・11・24）

寂しい歌の流れる時代

拝啓

浜崎あゆみさん――のことから、始めようと思います。

言うまでもなく、浜崎さんは当代のトップアイドルです。この手紙を読んでいるあなたも、きっとテレビや雑誌のグラビアで何度となく見ているはずです。きれいにカールした金色の髪や、奇抜なファッション、舌足らずなしゃべり方など、典型的なアイドルと言っていいでしょう。オトナたちからは「なんにも考えてないんじゃないの？　この子」なんて眉をひそめられてしまいそうな……。

でも、浜崎さんの歌、じっくりとお聴きになったことありますか？　メロディーや歌というより、歌詞に綴られた世界に触れてみたことありますか？　そこには、外見とは大きく異なった――もしかしたら、かつてはアイドルの範疇には含まれなかったかもしれない、一人の少女が、います。

歌手デビュー時から一貫して彼女自身が手がけている歌詞は、単純なラブソングではありません。たとえば、最新アルバム『Duty』に収録された「End of the World」の詞は、こんなふうです。

〈自分より不幸なヒトを／見ては少し　慰められ／自分よりも幸せなヒト／見つけたなら急に焦ってる／だけどきっと　だから時々／どうしようもなく　惨めな姿に／気が付いて現実にぶつかる〉

いかがでしょう。あなたの思い描いていた浜崎あゆみ像が、少し変わってきませんか？

断っておきますが、ぼくは浜崎あゆみさんのPRのために、この手紙を書いているわけではありません（ぼくはａｉｋｏのファンです）。ただ、時代の華やかな光を全身に浴びている彼女がこんなにも内省的で寂しげな詞を書いていること、そして、そんな彼女が同世代の少女たちに〝カリスマ〟と呼ばれるほどの支持や共感を集めているということは、ごくふつうの少女の実像を考えるうえでも大きなヒントになるのではないでしょうか。

＊

ショッキングなデータがあります。

学校外教育研究会が、一九九八年に全国の中学生を対象におこなった『中学生とストレスに関するアンケート』の結果です。

〈あなたは死にたいと思ったことがありますか？〉という問いに対して、〈ある〉と答えた

生徒の男女比を見てください。(単位はパーセント)

中学一年生男子　15・5
　　　　　女子　32・4
中学二年生男子　17・0
　　　　　女子　37・3
中学三年生男子　21・1
　　　　　女子　39・6

女子のほうが圧倒的に多い。ぞっとするほど、多い。

一九九八年といえば、援助交際が社会問題化した時期です。ルーズソックスを履いて渋谷あたりを闊歩するコギャルの姿が、マスコミを通じてさかんに紹介されていた頃。マスコミが伝える彼女たちは、いつだって笑っていました。ヒンシュクを買うのを楽しんでいるかのように、陽気に、屈託なく、笑っていたのでした。

ひるがえって男子を見てみれば、黒磯市で〝キレた〟中学一年生の男子生徒が担任教師をナイフで刺殺したのは、調査のおこなわれた一九九八年のことでした。その前年には、中学三年生の少年がいわゆる〝酒鬼薔薇聖斗〟事件を引き起こしています。そんな事件や犯罪が大きな要因となって、いつのまにか時代のネガティブな影はすべて少年に向けられるようになっていました。

でも、マスコミが報じない少女たちの内面は、決して天真爛漫な笑みで彩られているわけではなかったのです。時代の影は少女たちにも落ちている。事件や犯罪といった、わかりやすい輪郭を持たずに、ひっそりと。

＊

今年一月九日、ぼくはNHKで放映されたドキュメンタリー番組『クローズアップ現代』に出演しました。浜崎あゆみさんの詞に共感する少女たちについて、スタジオでコメントを発したのです。

その番組では、浜崎さんの他に、やはり内省的な詞を書きつづけている鬼束ちひろさんと、十五歳の新人歌手・螢さんの作品も紹介されていました。

詩の朗読にも近い螢さんの作品は、たとえばこんなものです。

〈見えないアタシさがしてた／見えないアナタさがしてた／だれかを見えなくしていた／こんなのバカだった…／もうアタマこわれそう…／すぐアタマこわれそう…〉（「大切ココロ」）

ぼくは、彼女の詞を、まるで遺書のようだと感じました。〝酒鬼薔薇聖斗〟や〝てるくはのる〟が残した犯行声明文のことも、ふと思いだしました。そのうえで、彼女の思いを刻み込んだ言葉が、遺書にも犯行声明文にもならず、作品として昇華されたことが嬉しかった。なぜなら、その作品に触れることによって、自分の抱えていたもやもやの正体を「ああ、これだったんだ」と感じられるひとが、きっといるはずだから。

寂しい歌です。でも、寂しい歌を口ずさみ、自分の孤独を嚙みしめるのは、決して悪いことじゃない。寂しい自殺や寂しい犯罪にマスコミが沸き立つ時代だからこそ、なおさら。

番組終了後、視聴者から数多くの電話が寄せられました。年輩の男性は、たいがい怒っていました。なぜこんな寂しい歌を紹介したのだ、子どもたちは明るく元気であるべきではないか……。「年下相手に敬語をつかうとはけしからん」という、ぼくに対する抗議もあったとスタッフから聞いたとき、思わず苦笑して、笑ったあとで少し悲しくなってしまいました。

あなたの感想は、いかがですか？

敬具

（「ミセス」２００１・３）

少女が、それでも信じているもの

同級生の男子にレイプされ、信頼していたはずの友だちにそれを言いふらされてしまい、〈もう死んでいなくなってしまいたい〉と訴える十四歳の少女に、あなたならどんな言葉をかけるだろう。

「おしゃれなんて大人になったらいくらでもできるじゃない」と言う母親にどうしても納得できず、〈私は、今だからこそおしゃれをしたいのに〉とつぶやく十三歳の少女に、あなたならどんな言葉をかけるだろう。

仲間から嫌われたくなくて〈本当に言いたいことじゃなく、みんなが喜ぶこと、ウケることと、すかれることを言って〉しまう自分にむなしさを感じている十四歳の少女に、アレルギー体質を友だちから嫌われて〈ベランダから落ちて死んでしまいたい〉とまで思い詰めた十三歳の少女に、SPEEDに憧れて沖縄アクターズスクールに入りたいと熱望する十二歳の少女に……あなたなら、どんな言葉をかけるだろう。

『ラブ&ファイト』は、女子中学生向けの雑誌『nicola』の投稿欄・おしゃべりくらぶに届いた読者の手紙を集めた一冊である。この種の本にありがちな編集部の（おせっかいで無意味な）コメントは、いっさいなし。少女たちの言葉だけで構成された、いわば添加物ゼロのピュア・メッセージ集なのだ。

それも一方通行で終わるのではない。一人の少女が問いかけたり打ち明けたりしたことに対して、他の少女からさまざまな意見や助言が返ってくる。まさに投稿という形をとったおしゃべりで、本書の魅力の最も大きな部分もそこに拠っている。

恋愛やセックスの悩みがある。親には話せない告白がある。屈託のない夢がある。正体の見えない不安がある。

そういったディテールをひとつひとつ取りあげて、「いまどきの中学生は……」と嘆くのもいいし、「昔と変わってないじゃないか」と胸を撫で下ろしてもいい。その意味では、本書はオジサンに少女の素顔や本音を垣間見せてくれるガイドブックでもあるだろう。そう、女子中学生のおしゃべりを立ち聞きするような感じで。

しかし、その饒舌なおしゃべりは、饒舌であるがゆえに、行間にひそむ沈黙をも浮き上がらせてしまう。

本書の中盤、友情をめぐる章でのメッセージのやりとりは、少女たち一人一人の孤独の確認と言ってもいいだろう。いじめに遭ったり引っ込み思案だったりというわかりやすい孤独はもちろん、〈友達といるコトがキュウクツになっちゃう〉〈本当の友達がいない〉という声がいかに多く、それに対する〈すっごくよく分かります〉〈きもちわかるよ〉という共感の声がいかに多いことか……。

おそらく、本書にメッセージを寄せた少女の多くは、学校の友だちにはその悩みや苦しみを話してはいないだろう。そういう相手のいないことが、彼女の背負ういちばん深い悩みであり、苦しみでもあるはずだ。

それでも、少女たちは自分のことをわかってくれる〈みんな〉の存在を信じている。だからこそ、〈聞いてください〉とメッセージを書き起こす。〈私も〉と返してくれる誰かがどこかにきっといるんだと信じて、一枚の葉書や便箋に思いのたけをぶつけていくのだ。

オトナはいままで、価値観でも学歴信仰でも社会道徳でもなんでもいい、少女が〝すでに信じなくなったもの〟をとりあげて、嘆いたり憤ったり悔やんだりしてきた。だが、その段階はもう過ぎたのではないか。オトナにいま求められているのは、この時代に生きる少女が〝それでも信じているもの〟を見据えることではないだろうか。拙文冒頭で何度も繰り返した問いかけの言葉を、訂正させていただく。あなたは、少女にかけるべき言葉を持っているだろうか――。それはすなわち、あなたが少女の〝それでも信じているもの〟に価するかどうか、の問いかけでもある。

(「週刊朝日」1999・10・15)

「さよなら」の数

「名作」かどうかは、よくわからない。お話じたいは淡々としたものだ。年老いた元教師が、死の前日にあたる秋の夕暮れ、男子校の教壇に立っていた日々をとりとめなく回想する――それだけのストーリーである。分量も、文庫本で百ページそこそこ。その「薄さ」が、というより一九七四年当時で百二十円の「安さ」が、ぼくとチップス先生を出会わせたのだろう。初めて読んだのは、小学五年生の終わり。仲立ちになったのは母だった。退屈しているぼくのために、なにかの買い物のついでに「これでも読んでみれば？」と買ってきてくれた。ぼくは、病院のベッドの中でこの本——『チップス先生　さようなら』を読んだのだった。

思えば間抜けな事故である。一九七四年一月三十一日、学校の日帰りスキー旅行に参加したぼくはボーゲンにしくじって転倒、右のすねを骨折してしまった。折れた骨をボルトでつなぎ、膝から下をギプスで固定して、入院生活は二カ月におよんだ。

もっとも、間抜けには間抜けなりの言いぶんもある。事故の日のぼくは、朝からふさぎ込んでいた。「四月からまた新しい学校に転校だぞ」と父に告げられたのは前夜のこと。そのショックは一夜明けても消えない。先生の説明も上の空で、真っ白なゲレンデをぼんやり見つめながら、友だちや先生にどう「さよなら」を言おうか、そればかり考えていた。自分の順番が来ても気づかず、友だちに声をかけられてあわてて滑りだして……骨折してしまったのだ。

四校め、ということになる。「転校には慣れっこだから」なんて強がってみても、やはり寂しかった。友だちみんなで楽しみにしていた修学旅行に行けなくなったのが悔しかった。なにより、転校までの貴重な三学期の日々を病院で過ごさなければならないことが、悔しくて、悲しくて、寂しくて、情けなくてしかたなかった。

そんなぼくに、『チップス先生　さようなら』は、思い出をたくさん持つことの素晴らしさを教えてくれた。もとより小学五年生の子どもに、イギリスのパブリックスクールの生活を描いた作品そのものの魅力を理解することなどできなかったはずだが、それでも、六十年以上にわたる教師生活を「あんなこともあった」「こんな生徒もいた」と振り返ることのできるチップス先生がたまらなく素敵だった。教師と生徒はいつだって「さよなら」を繰り返して、いわば一年ごとに転校しているようなものなんだ、とも気づいた。「さよなら」は、誰かと過ごした日々を思い出にするための合図なのかもしれない。だとすれば、「さよなら」の回数がたくさんあることは、決して悲しいことではない。

チップス先生には子どもがいない。しかし、先生は、自分には何千人もの息子がいるんだ、と言う。そして、回想を終えて死の床についた先生を、何千人もの息子──かつての教え子たちの大合唱が包み込む。

そのラストシーンを読んだとき、二十七年前のぼくは病院のベッドの中で涙ぐんだ。大学時代に読み返したときも、やっぱり泣いた。三十八歳のいまだってたぶん、いや、もしかしたら、もっと大粒の涙を流してしまうかもしれない。

ボルトをはずす再手術も含めて合計二十五針縫った右すねは、いまも冷え込んだ日や雨の近い日にはうずくように痛む。その一方で、あれだけ別れるのがつらかった当時の友だちとは、いまはまったく付き合いがない。しかし、思い出は、ここにある。チャヨシ、ノリべえ、エンくん、ミンミカ、タイちゃん、スンギ……この小文を書いているさなか、何人もの友だちの顔が浮かんだ。みんな小学五年生の姿のまま笑っている。それがむしょうに嬉しい。

その喜びを、ちょうど小学五年生になった長女にもいつか味わってほしくて、ぼくはたったいま『チップス先生　さようなら』を長女の本棚に置いたところだ。

（「文藝春秋」2001・8）

明日があるさ

たとえばカラオケボックスでマイクを握りしめて絶唱するより、なにげないときに鼻歌でハミングするほうが似合う、そんなタイプの曲がある。昔の歌謡曲はたいがいそうだった。最近ではモーニング娘。の『LOVEマシーン』あたり、うろ覚えの歌詞のまま、しょっちゅう口ずさんでいたものだった。

ここ二、三カ月、ぼくの〝鼻歌ソング〟の定番は『明日があるさ』である。一九六三年――ぼくが生まれた年に発売された曲のリメイクで、オリジナルの歌手は故・坂本九さんだった、と説明するのが野暮なほどヒットしている曲なのだが、サビの「明日がある、明日がある、明日があるさ」を口ずさむたびに微妙なくすぐったさを感じてしまうのは、ぼくだけだろうか？

『明日があるさ』の歌詞は、乱暴に端折ってしまえば「今日はだめだったけど明日があるさ」という内容である。なるほど、いかにも高度経済成長期のヒット曲らしい前向きな姿勢だ。一九六三年といえば東京オリンピックの前年、〝明日〟は確かに、キラキラとまばゆく輝いて、ぼくたちの目の前にあったのだろう。

一方、サッカーのワールドカップ開催を翌年に控えた二〇〇一年の〝明日〟はどうだ——。

ぼくは『明日があるさ』を口ずさむとき、「明日がある、明日がある、明日があるさ」のあとで、「なーんちゃって」と付け加えたり、「ホンマにあるんかい」とあやしげな関西弁でツッコミを入れたりせずにはいられない。投げやりになっているつもりはないのだが、といって〝明日〟が必ず〝今日〟より良くなると信じられるほど無邪気でもない。むしろ、『あしたのジョー』の主題歌にあった「明日はどっちだ」のほうが、本音としてはぴったりくる。いや、もっと本音を言えば、若くて景気も良かった〝昨日〟にすがって、「昨日があるさ」と替え歌にしたい気持ちも、ちょっとはある。

それでも——なぜか、歌ってしまう。つい「明日があるさ」と口ずさんでしまう。「なーんちゃって」「ホンマにあるんかい」とツッコミを入れたあと、へへっ、と笑ってしまう気分は、意外と悪くない。もしかしたら、ぼくは、〝明日〟の可能性を信じているのではなく、思い通りにならない〝今日〟の重みを「まあいいか、とりあえず今日はもう終わり終わり」と肩から降ろすために歌っているのかもしれない。

『明日があるさ』は、希望の歌であると同時に、ごまかしの歌でもあるのだろうか。

だが、それも「あり」だぜ、とぼくは思う。こんなにキツい〝今日〟だもの、誰かのせいにしないごまかしや言い訳なら、大いにけっこう。特に、いろいろな重みを幼い体と心に正直に背負い込んでしまって身動きのとれなくなっている子どもたちには、どんどん歌ってほしい。歌って、少しだけでも楽になってほしい。

いいことがあるかどうかは保証の限りではないけれど、なにはともあれ「明日があるさ」。一九六三年のオリジナル・バージョンよりほろ苦くはあるものの、ヤケクソ半分で、歌いましょうよ、オジサンも。

（「日本経済新聞」2001・5・15）

あの日から始まった

偶然の出会いだった。それも、その一瞬を逃していたら、もう二度と巡り合うことは叶わなかったかもしれない種類の。

一九八三年――大学三年生だった。日付は忘れたが、六月の、よく晴れた火曜日。時刻は正午前。教育学部のメイン校舎と呼べばいいのか、学部事務所や研究室のある十六号館前に、ぼくは立っていたのだった。

前夜は始発の走る頃まで、環七通りの工事現場で働いた。水道だったかガスだったか、とにかく一晩中ひたすら穴を掘って土を運び出す仕事である。くたくたに疲れて日払いの数千円を受け取り、二十四時間営業の牛丼屋で飯と酒を腹に詰め込んでから大学近くの下宿に戻って泥のように眠り、ようやく目覚めたのがお昼前だった、というわけだ。

授業は午後から二コマあったが、教室に顔を出す気はなかった。手ぶらで大学を訪れ、「けっこういいよな」と思っていた同級生の女の子の顔でも見られれば御の字、生協食堂で昼飯を食べたあとは近くのパチンコ屋にしけこむか、暇そうな仲間が揃えばパチンコ屋の二階の雀荘で安いレートの麻雀をするか……。

　怠惰な学生だった。生活費を自分で稼がなくてはならない事情もあって、アルバイトはノーパン喫茶の店員から二トントラックの運転手まで軽く十指に余る仕事をこなしてきたが、もとより日銭目当てのアルバイトに将来への展望などあるわけもなく、「なにをするのか」「なにができるのか」を問う以前に「なにをしたいのか」すらわからないまま、大学生活も折り返し点を過ぎていた。

　いらだっていたのかもしれない。あせりもあったはずだ。酔うとしょっちゅう喧嘩をした。たいがい負けた。店のガラスをよく割った。路上のゴミ箱を端から蹴り飛ばした。高田馬場の裏通りを走って逃げながら、ときどき泣きたくなって、泣きたくないからへらへら笑った（なんだか長渕剛の歌みたいだな）。

　なにをやらせても中途半端の、しょうがないガキだぜ、こいつ――。三十八歳の誕生日を間近に控えたいまなら、二十歳の自分を苦笑交じりに眺めることができる。だが、当時のぼくは、いらだちやあせりの輪郭すらつかめないまま、むしろそれに呑み込まれてしまって、昨日のつづきの今日を繰り返していた。

　そんなぼくの、大袈裟に言えば運命を変えた一日が、一九八三年六月の晴れた火曜日だったのだ。

　昼休みの十六号館前ロータリーは、授業を終えた学生たちでにぎわっていた。その人込みのなかに、もしかしたら教育学部国語国文学科の先輩にあたる作家・服部真澄さんや、こちらは後輩の作家・恩田陸さんもいらしたかもしれないのだが、もちろん、当時は知る由もないことである。

中央にベンチを兼ねた円形の植え込みを配したロータリー――広場とも通路ともつかない中途半端な空間から校舎につづく一角に、学部の掲示板がある。

休講になる授業を確認したあと、ぼんやりと掲示板を眺めていると、一枚の貼り紙に気づいた。

〈「早稲田文学」学生編集員募集〉とあった。

最初は、ふうん、と読み流しただけだった。文学になど興味はさらさらなかったし、〈無給〉の二文字でアルバイト先としての興味も失せた。だいいち、ぼくにとっての「早稲田文学」はあくまでも受験勉強で覚えた文学史の中の語句にすぎない。「早稲田文学」といえば坪内逍遥、自然主義文学、はいおしまい、である。同誌が現在も刊行されていることさえ、貼り紙を見るまで知らなかったのだ。

掲示板から離れたぼくは、生協食堂のほうに歩きだした。何歩目かで、足が止まった。踵を返す。掲示板の前に小走りに戻って、もう一度、貼り紙を見つめた。

提出書類は、履歴書と作文。締切は、その日の午後一時――あと一時間ちょっと。

また踵を返し、生協の売店に向かって駆けだした。全力疾走になった。いちばん安い原稿用紙と履歴書とシャープペンシルを買って十六号館に引き返し、ロータリーのベンチに座って原稿用紙の封を切った。指先が震えていた。作文のテーマは自由、枚数は二枚。膝に載せた原稿用紙にタイトルの「無題」を書きつけるとき、シャープペンシルの芯がぽきぽき折れて、「くそったれ、くそったれ」と吐き捨てたのを、いまでもよく覚えている。

＊

当時「早稲田文学」の編集発行人だった平岡篤頼・文学部教授の研究室に着いたのは、午後一時少し前だった。ドアの前の箱に履歴書と作文を放り込むと、肩の力が抜けた。文学だってよ、笑っちゃうよな、と首をかしげながら文学部の研究棟を出ていった。

作文になにを書いたかは忘れた。衒ったり勿体をつけたりしているのではなく、ほんとうに思いだせないのだ。履歴書には写真を貼らなかった。下宿の呼び出しの電話番号も書かなかった。貼り紙には面接と筆記試験の日にちも書いてあったが、そんなもの、どうだっていい。「早稲田文学」で働く気など、はなっからなかった。

たとえるならそれは、ゲームセンターの前をほろ酔いかげんで通りかかって、ふと目についたパンチングマシーンを一発殴りつけるようなものだった。なにかを始めるためではなく、といってその一発でなにかが断ち切れるというわけでもなく、ただ、俺の右フックはどうだ、パンチ力はなかなかのものだろう、と誰ともつかない誰かに見せてやりたかっただけのことだ。

一週間後だったか、もっと時間がたっていたか、とにかく作文を出したことをほとんど忘れ去っていた頃、「早稲田文学」編集室から葉書が届いた。面接試験はとっくに終わっていたが、作文がちょっと面白かったので特別に試験をしてやる——という内容で、面接と筆記試験の日時も指定されていた。

偉そうに、と思った。なめんなよ、と葉書をでたらめに折り畳んだ。だが、頬が勝手にゆるんでしまう。腰の奥深くがむずがゆくなって、すげえじゃん、俺ってやるじゃん、と太股を掌で何度も叩いた。居ても立ってもいられず、四畳半の狭い部屋をぐるぐると歩きまわったすえ、窓を開けて「バンザーイ！」と叫んで、家主のばあさんに叱られた。

そして、数日後、ぼくは皺くちゃの葉書を手に平岡先生の研究室を訪れ、その日の夜には板橋にあった「早稲田文学」編集室で出前のカツ丼をかきこんでいたのだった。

＊

六月のあの日、大学に出かけるきっかけになった同級生の女の子とは、二年後——大学を卒業して間もない二十二歳の夏に結婚した。

妻はいまでも言う。

「わたしがいなかったら、あなたと『早稲田文学』の縁はなかったし、ってことは、あなたは小説なんか書いてないわよね」

ぼくも、そう思う。

運命が変わったというのは、つまり、そういう意味である。

＊

漢字の書き取りと作家名を記す筆記試験の成績は0点に近かった。「埴谷雄高」も「芝木好子」も書けなかった。「瓦礫」もだめだった。面接で「第三の新人が好きです」とハッタリをかまし、「たとえば誰？」と訊かれて苦しまぎれにある作家の名前を答えたら、どうやらとんでもない大ハズレだったらしく、平岡先生、ほんとうに困り果てた顔になって、「まあ、知識はあとからでも増えるからなあ……」と腕組みをしつつご自分に言い聞かせるようにひとりごちるのだった。

それでも合格してしまえば、こっちのものである。「早稲田文学」は無給の代わりに晩飯はただで食べられる。モトだけは取ってやろうと毎日せっせと通い、編集作業のイロハを学んでいった。

編集部に出入りするようになって最初につくったのは、寺山修司追悼特集号だった。行数計算や赤入れの練習用に渡されたのは、何号か前に掲載された早稲田の現役学生の小説——作者は、のちに紀行家となる勝谷誠彦さんである。

初めて任せられた仕事は、評論家・川本三郎さんの講演再録。そのなかで川本さんが「新世代の旗手」と絶賛していたのが、デビューして間もない島田雅彦さんだった。

講演再録の載った号あたりから表紙のデザインが変わったように記憶している。油絵から、段ボールでつくったオブジェへ――。アートディレクターの荒川じんぺいさんの「彼は若いけど、すごく才能があるんだよ」という賛辞とともに表紙を飾りつづけたのが、日比野克彦さんの作品である。

ほどなく、編集部の書架には浅田彰さんの『構造と力』と中沢新一さんの『チベットのモーツァルト』とホイチョイ・プロダクションの諸作と「写楽」と「POPEYE」と「現代思想」と「流動」が並んで置かれることになる。

一九八三年とは、そういう時代だったのだ。

＊

当時の「早稲田文学」は、平岡先生を中心とした編集委員制度をとっていた。名を連ねていたのは、詩人の荒川洋治さん、文芸批評家の鈴木貞美さん、歌人の福島泰樹さん、作家では立松和平さん、三田誠広さん、夫馬基彦さん、山川健一さん、そして中上健次さん。団塊の世代を中心とした顔ぶれだった。

皆さん、若かった。新宿ゴールデン街もまだバブル景気と地上げの波が押し寄せる前で、呑みに連れていってもらうたびに「あいつは昔○○派の委員長で……」「こいつのセクトは××で……」と、キナ臭い言葉が、ときに怒号やグラスの割れる音とともに飛び交った。

中上さんをはじめとする編集委員の皆さんや、ゴールデン街で知り合った方々には、公私ともども、ほんとうにお世話になった。ご迷惑もおかけした。無礼をたしなめられたこともあるし、涙の出そうな励ましを受けたこともある。

そのひとつひとつは、著名人との交友をひけらかす鼻持ちならない文章になってしまいかねないので、ここでは書かずにおく。ただ、二十歳の生意気な若造が、当時の編集委員の皆さんと同じような年齢になったいま、こうして昔ばなしをする機会を与えられた、その幸福と幸運とを心から嚙みしめたい。

＊

同期で編集室に入った仲間は数人。いずれも早稲田の学生だったのだが、そのなかに永原孝道くんというずば抜けて博覧強記の男がいた。酒は一滴も吞まないのに、話しだせば朝まで止まらない。ゾロアスター教から第三舞台まで、彼の繰り出す話題は尽きることなく、なぜか最後は必ず「だから女は髪が長いほうがいい」という結論に達するのである。

ヘンな奴だった。こんな奴に編集室での主導権を握られてはたまらない。高校時代に読んだマンガ以外の本は矢沢永吉の『成りあがり』一冊きりだったぼくは、永原くんに負けたくなくて、必死に本を読みはじめた。早稲田界隈の古本屋に通い詰めて、アルバイトの給料や奨学金をほとんど本に注ぎ込んだ。永原くんの独演会に知ったかぶりで相槌を打ちながら（いや、「いーかげんにやめろよ、うっせえなあ」と毒づくことのほうが多かったな）、翌日、独演会に名前の出ていた本をこっそり買いにいく、その繰り返しだった。

卒業するまでの二年たらずで、何百冊読んだだろうか。知識を増やすというより、たんなる負けず嫌いの読書だったのだが、永原くんがいなければ、こんなにも本は読まなかった。感謝する。ほんとうに。ぼくの好みはショートカットの女の子だけれど。

永原くんは、いまでもヘンな奴である。ヘンが高じて就職後は詩人・評論家となり、一九九九年に青山二郎論で三田文学新人賞を受賞、さらに宇月原晴明なるペンネームで同年の日本ファンタジーノベル大賞に輝いた。受賞作の『信長　あるいは戴冠せるアンドロギュヌス』は、紛うかたなきヘンな小説である。新潮社刊、定価千六百円。現在、宇月原氏は会社勤めのかたわら二作目の小説を鋭意執筆中、のはずである（早く書けよなあ）。

＊

「シゲマツくん、ちょっと頼みがあるんだけどなあ……」

文芸批評家の菊田均さんに声をかけられたのは、一九八四年——大学四年生の秋だった。法政大学で教鞭をとっていた菊田さんの教え子が同人誌を創刊した。その合評会に参加してほしい、との頼みだった。

「みんなまじめだし、ちょっとおとなしいから、同世代で『早稲田文学』もやってるシゲマツくんがガーッと言いたいこと言ってくれれば、連中も本音をぶつけあえると思うんだ」

要するに、怒らせ役、殴り込みである——とぼくは解釈し、快諾した。

「喧嘩、売ればいいんですね」

バカである。

合評会当日、ぼくはくだんの同人誌をろくすっぽ読みもせず、バカでもわかる誤植をいくつか見つけただけで、一点突破全面展開、好き勝手に罵倒させてもらった。

十人ほどの同人たちは、当然、ムッとした顔になり、いまにも胸倉をつかんできそうに気色ばんだ男もいたのだが、そのなかにひとりだけ、静かなたたずまいの男がいた。ぼくの与太に腕組みしてじっと聞き入り、おだやかに微笑みながらも、ときおり見せる鋭い眼光は時代劇の刺客のそれを思わせた。

別れ際に挨拶を交わしたときも、彼はあくまで紳士的で、落ち着き払っていた。

「どうもありがとうございました。シゲマツさんの意見、とても参考になりました」

こっちの気負いを見透かしたような彼の一言に、ぼくはひたすら虚勢を張って「まあ、がんばってくださいよ、はははは」と空笑いをするしかなかった。

同人誌ではたしかファーストネームを片仮名表記にしていた彼は、のちに本名の「藤沢周」で小説を発表するようになり、一九九八年夏、『ブエノスアイレス午前零時』で芥川賞を受賞する。

＊

やはり、どこか鼻持ちならない文章になってしまったかもしれない。もしもそう受け止めた方がいらっしゃるなら、お詫びする。

だが、なにをやらせても中途半端なダメ学生が、あの一日、あの一瞬を境に、昨日のつづきではない今日に足を踏み入れることができた。まだ若かった作家たちや、もっともっと若かった作家の卵（という自覚すら当時はなかったはずの卵）たちに巡り合って、ぼく自身の明日をおぼろげながら考えられるようになった。それがとにかく嬉しくて、ありがたくて、居ても立ってもいられなくて……仕事部屋をぐるぐる歩きまわっては一行書き、「バンザーイ」とつぶやいてはまた一行書いて、ここまで文章を運んできたのだった。

お詫びの言葉の余韻が残っているうちに、少し足早に書きつけておく。

「早稲田文学」の先輩には、翻訳家の青山南さんと古屋美登里さんがいる。ぼくが編集室にいた当時のチーフだった山本陽一さんは、伝説のゲーム批評誌『遊撃手』『ＢＵＧ ＮＥＷＳ』を創刊し、いまはマックのゲームソフトを扱う会社の社長である。副チーフ格だった大野陽子さんはフリーになって『日本語練習帳』などにもかかわった。同期や後輩は、新聞社に入ったりＣＭプランナーになったりレコード会社のディレクターになったり……。

何年かに一度、あの頃の編集室のメンバーで集まる。みんな昔に比べると酒が弱くなったが、アルコールとは無縁の永原くんだけはあいかわらず意気軒昂。前回の独演会のテーマは「結婚後も女ともだちは必要か」だった。いいから、永原、早く小説書けっての。

＊

大学卒業後、平岡先生をはじめ編集委員の皆さんにも口添えをしていただいて出版社に就職したぼくは、その会社をわずか一年で辞めてしまい、お世話になった皆さんに顔向けできないままフリーライターの仕事を始めた。

もちろん、駆け出しのライターがすぐに食っていけるほど、この世界は甘くはない。一年目はほとんど妻の収入に頼りきりの生活で、二年目には塾のアルバイト講師で生計を立てた。三年目——二十五歳になると、さすがにこのままではヤバいぞと再就職を考えた。

新聞の求人広告で知った中堅どころの広告代理店に履歴書を書いて、明日ポストに投函しようと思っていた、まさにその日、「早稲田文学」から「編集室に戻ってこないか」という手紙が届いたのだった。

かたちは編集室チーフというそれなりのものだったが、給料は塾のアルバイト講師よりも安かった。広告代理店の給料とは、比べるまでもない。

しかし、「早稲田文学」——なのだ。もう一度、編集の現場に戻れるのだ。

しばらく悩んだすえ、ぼくは履歴書の入った封筒を破り捨てた。

「また『早稲田文学』に運命を変えられちゃったね」

妻は、嬉しそうに言った。

＊

出戻りの「早稲田文学」時代は、一九八八年五月から一九九〇年二月までの、約二年間。けっきょく、ぼくの二十代の半分近くは「早稲田文学」とともにあったことになる。

『ストリート・チルドレン』でデビューする前の盛田隆二さんや、まだ学生だった引間徹さんに出会ったのも、出戻り時代だ。某女性作家が学生時代に書いた小説をボツにして、いまでも思いだすたびに「あれは俺の読み方が間違っていたのかもしれないなあ」と頭を抱え込んでしまうヘッポコ編集者は、執筆者の皆さんや、早稲田大学の江中直紀先生、そしてかつてのぼくのような立場の学生スタッフの諸君に助けられて、よたよたと危なっかしい足取りで仕事をつづけてきた。

その頃の常連執筆者のひとりに、今回芥川賞を受賞した堀江敏幸さんがいる。フランス文学の翻訳やエッセイを何度も（冗談みたいに安い原稿料で）お願いしてきた。そんな堀江さんと、一九九九年の三島賞／山本賞のときにつづいて、再び授賞式で並んで壇上に立つことができる、それがなによりも嬉しい。

＊

フリーライターとして、商売のための文章をうんざりするほど書いてきた。小説を発表するようになってからも「ぼくはフリーライターです」と広言しつづけた。

ひねくれた衒いは、ある。駄々っ子じみた気負いも、ないとは言わない。

だが、その言葉には、「文学」と「作家」に対する自分なりの畏怖をいつも込めているつもりだ。そして、言葉の根っこを探っていけば、そこには「早稲田文学」で過ごした日々が息づいているはずだと思っている。

いまも「早稲田文学」は隔月で刊行されている。昨年の暮れに大幅な誌面刷新が敢行され、

ＯＢの贔屓目もきっとあるのだろうが、なかなか刺激的な雑誌に生まれ変わった。

巻末の執筆者紹介のコーナーを眺めていると、書き手がずいぶん若くなったことを思い知らされる。一九八三年当時の執筆陣は五〇年代後半生まれすら珍しかったのに、最近ではほとんどがぼくと同世代か、年下である。

いつか、「早稲田文学」にも一九八三年生まれの書き手が登場するだろう。そのとき、ぼくはどんなことを思うだろうか。

六月のよく晴れた火曜日の昼休み、十六号館の掲示板前にたたずむ生傷だらけの若造の姿を思い浮かべ、ずいぶん遠くまで来ちまったなあと苦笑して、もしかしたら、少しだけ涙するかもしれない。

（「オール讀物」２００１・３）

Sくんのこと

桃の季節

玄関に置かれた花瓶の花が、水仙から桃に変わった。

つらい季節が今年もまた巡ってきたことを、それで知る。

「昭和」から「平成」に変わった年の二月の終わり、学生時代からの友人Sが死んだ。自殺だった。理由は、誰も知らない。

上京して最初にできた友人で、いまに至るまで最大の友人だった。だが、Sが死んだとき、ぼくは一滴の涙も流さなかった。棺を囲んで号泣する他の友人たちから離れて斎場のベンチに座り、よく晴れた空を見上げて煙草を吸っていた。

「Sはなぜ死んだのだろう」という問いは、いつのまにか「オレはなぜ死なないのだろう」にすり替わっていて、なんのことはない、ぼくは自分のことしか考えていなかったのだ。

そんな自分を責めたり笑ったりいとおしんだりしているうちに、Sは灰になり、スポーツバッグに骨壺ごと入れられて、雪深い故郷へ帰っていった。

あれから九年。二十五歳だったぼくは、二十六歳のままのSを追い越して三十四歳になった。

Sの死の二年後、ぼくは小説を書きはじめた。最初の頃は「次の作品はSのことを書く」が口癖だったのだが、〝次〟は何度も繰り延べされ、最近では「おまえを書くことは一生ないのかもしれないなあ」とSの写真に語りかけるようにもなった。

小説を書く自分にとって最も大切な場所のひとつだと思っている斎場のベンチも、いつかもう一度訪ねようと思いながら、まだ果たしていない。

年長の編集者にそのことを話したら、「オトナになったんだよ」と言われた。小説をほめられたときよりも嬉しく、そして少しだけ寂しかった。

（「朝日新聞」１９９８・２・26）

さらば、相棒

「シリーズ人間」とは、どういう種類の読み物なのだろう。

いつも、そのことを考えている。

記事の根っこにあるのは、事実である。タイトルどおり、一人の人間が〝いま・ここ〟に確かに生きているという重みこそが、「シリーズ人間」の最大の魅力であることは間違いない。週刊誌の記事として読み捨てられる運命にある一編の取材に、数カ月から、長いときでは数年がかりで取り組んでいらっしゃる取材記者の皆さんの情熱と矜持も、ひとえにその点に拠るはずである。

その重みをずしりと両肩に感じることから、記事をまとめるアンカーマンであるぼくの仕事は始まる。

分厚いデータ原稿がファクシミリやバイク便で届けられると、まずは、たじろぐ。ブラックコーヒーをがぶ飲みし、煙草をたてつづけに何本も灰にして、緻密な取材の成果と向き合う。データ原稿を読む間、仕事場の電話はずっと留守番モードである。誰とも話したくないし、よけいなことはなにも考えたくない。

そうして、ぼくは、身勝手に登場人物をつくりだして動かしていく小説家・重松清から、さまざまな制約や要請のもとで文章を紡ぐフリーライター・田村章へとシフトしていく。重松清のエゴは出さない。いや、出せない。というより、出しても勝てるわけないじゃないか、事実の重みには。

コーヒーと煙草と緊張でうめきだしたみぞおちを一包の胃薬でなだめている頃、「女性自身」編集部から打ち合わせの電話がかかってくる。記事のおおまかな流れと、読者の皆さんになによりも伝えておきたいポイントを決めてしまうと、あとはもう、取材記者の皆さんや担当編集者諸氏には申し訳ないが、田村章ひとりきりの闘いである。決して長くはない締切までの時間、十三文字の五百数十行という分量の制約のもとで、事実を一編の物語に再構成しなければならない。

何度でも言う、一人の人間が〝いま・ここ〟に生きている事実は、なにものにも代えがたく重い。少しでも気を抜けば、たちまちにして、データ原稿に刻み込まれた生の躍動や喜び、あるいは悲しみはぼくの掌からあふれ出てしまい、記事をまとめることはできなくなってしまう（実際、原稿を書く途中で「どうやって、こんな行数でまとめろって言うんだよ！」と仕事場の壁を蹴り上げたことは数え切れない）。

しかし……ここからは、ちょっと自慢、ぼくはどうやら〝人を好きになる〟才能に恵まれているようなのだ。事実の重みを支えるにたる文章力はなくとも、一人の人生を彩るエピソードを傲岸不遜にも取捨選択してしまうことへの後ろめたさは常に感じていても、ただ一点、ぼくは「シリーズ人間」にご登場いただいたすべての人が好きで好きでたまらない、その思いのみでアンカーマンの重責をまがりなりにも果たせているのではないか、という気がしてならないのである。

ご一読いただければおわかりのとおり、本書『あした命はもっと輝く!』に(そして毎週の「女性自身」に)収められた物語は、純然たるノンフィクションと呼ぶには、あまりにも文章に情が濃く溶けすぎている。冷静で客観的な叙述の範囲をしばしば意識的に逸脱してきたことは、自分でも認める。そのことについてのお叱りは甘んじて受けるつもりだし、あるいは取材記者の皆さんにとっては不本意な仕上がりになってしまったときもあるかもしれないが、それでも、ぼくは一編の記事を書き綴る数時間、世界中の誰よりもその人のことを大好きだったという自負はある。

だから。

もしも「シリーズ人間」をジャンル分けするのなら、ぜひ、ラブレターの項目に入れていただきたいと願っている。

アンカーマンは、取材に応じてくださった方々と直接お目にかかることはない。その意味では、本書に収められたすべての物語は、片思いのラブレターでもあるだろう。

*

言うまでもなく、本書の主役は、取材に応じてくださった方々お一人ずつである。準主役は、その人と深い信頼関係を築き、粘り強くデータ原稿に事実を積み重ねていってくださった取材記者の方々。

もちろん、ページ全体の総指揮者である担当編集者諸氏の熱意なしには記事はできあがらない。

さらに言うならば、今年二月の時点ですでに通算一四五〇回を超えた「シリーズ人間」の今日のスタイルは、長い歴史を支えてこられた、すべての編集者、取材記者、アンカーマン、カメラマンの皆さんによって、かたちづくられたものなのである。

アンカーマンは、あくまでも最終的な原稿を担当する役目にすぎない。本書の中に、読者の皆さんの琴線に触れるエピソードや言葉があれば、それらはすべて記者の皆さんの誠意に満ちた取材のたまものである。「素敵な話を読ませてもらった」と思ってくださるのなら、それは担当編集者諸氏にとってなによりのねぎらいになるだろうし、そもそも週刊誌で七ページという異例のボリュームの連載企画が先人の努力によって三十年近くにわたってつづいてきた、それじたいの事実の重みが、こうして単行本として結実したのだと思う。

アンカーマンのささやかな望みは、行間に込めたつもりの「ぼくはこの人が大好きなんだ！」という思いを読みとっていただくことだけで……いや、しかし、ご本人に直接お目にかかっていないぼくが好きになるということは、結局はデータ原稿の中にすでに「好き！」

の思いが刻まれていたわけで……事実のみならず、「好き！」の思いまで伝えてくれた取材記者の皆さんには、やはり、ただただ感謝するしかないだろう。

そして、取材記者からアンカーマンへとリレーされた「好き！」の思いは、読者の皆さんの胸に届いてようやくゴールインする。

好きになって、ください。

好きになるはずです、この本にご登場いただいたすべての人を。

なぜって、単行本化に際してバックナンバーを読み返したアンカーマンは、またもや彼女たちに惚れ直してしまったのですから。

＊

以下は、個人的なあとがき。

＊

一九八六年からフリーライターの仕事を始めたぼくにとって、「女性自身」は最も古くから仕事をやらせてもらった雑誌である。

駆け出しの、しかもまだ二十三歳の若造ライターが老舗の週刊誌で原稿を書くチャンスを与えられた理由は、じつにかんたんなことである。ぼくの学生時代の友人――いまに至るまで最もたいせつな友人・Sが、「女性自身」編集部に在籍していたのだ。

学生時代から、なにをやるにもコンビを組んできたぼくたちだった。毎晩のように酒を飲み、いま振り返ると苦笑しか出てこない青臭い議論をして、いやいや、そんなまともな青春の一コマだけではない、飲み屋で見知らぬ奴らと大立ち回りをしたり、薬師丸ひろ子の駅貼りポスターを盗みに行った帰り道、線路を歩いていたら西武池袋線の回送電車がやってきて、泡を食って逃げ出したり、ビニ本の局所に塗られた墨をマーガリンでこすって消したり、SMごっこと称して大学の同級生を椅子に縛りつけてキャンパス内に放置したり……バカなことばかりやってきた。

そんなコンビの片割れが、せっかく入った出版社を一年たらずで辞めて、新婚間もない妻のヒモ同然の暮らしをしているのを見かねたのだろう、Sは「ウチの仕事をやってみないか?」と声をかけてくれたのだ。当時、Sも入社二年目の下っ端編集者である。おそらくは先輩諸氏の反対や危惧を押し切ってぼくを使ってくれたはずである。

学生時代の友情ゆえ、だけではなかったと思う。

Sは、小説の「し」の字も書いていなかったぼくに、ことあるごとに「重松は才能があるから小説を書くといいよ」と言ってくれていた。そのたびにぼくは「てめえこそ書けよバカ野郎」と、なぜだろう、褒められると妙に言葉遣いが乱暴になってしまうのだが、逆にSにハッパをかけていた。Sは高校時代から作家志望で、大学に入ってからも幾度となく小説を書き、しかしすべての作品が書き出しの二、三枚で頓挫してしまう、そんな奴だったのだ。

「女性自身」で仕事を始めたぼくに、Sは口癖のように言っていた。

「『シリーズ人間』はすごいぞ、重松もいつか『シリーズ人間』でアンカーマンができるようになるといいなあ」

そして、そのあとに必ず「だからさ、おまえ、もっとうまくなれよな」と付け加えていたのだった。

＊

Sに「女性自身」の仕事を紹介してもらったのがよかったのかどうか、いまは、わからない。

仕事の内容がどうこうという以前に、学生時代の友人と仕事を仲立ちにした関係を結んだことに、いま振り返ると、苦い後悔がある。

Sに声をかけてもらってから二、三年間は、「女性自身」以外の仕事はほとんどなかった。「女性自身」の原稿料に、アルバイトの塾講師の給料を足して、ようやく人並みの月収を確保するありさまだった。塾を辞めて、「早稲田文学」の編集部で働くようになっても、その状況はほとんど変わらない。

そうなると、「女性自身」をいつクビになってしまうかが怖くてたまらなくなってしまう。もしもSが「おまえなんていらねえよ」と言ったら、その瞬間、ぼくは仕事を失ってしまうのだ。

学生時代は言いたいことをポンポン言い合っていたぼくたちが、いつしか距離をとって話すようになった。ぼくは先輩編集者のいる前ではSを呼び捨てにはできず、「Sさん」と呼ぶようになった。Sも他のライターの皆さんの手前、ぼくに友だちのような口をきくことはなくなった。もう喧嘩はできない。議論もできない。ましてや、コドモじみたいたずらなど。

Sがつまらない感情の行き違いでオレをクビになんてするわけないだろう――いつも自分に言い聞かせていた。

Sと昔のような対等な関係に早く戻るには、どんどん仕事を増やして「女性自身」を辞めるしかない――とも思っていた。

だが、思いだけが空回りするなか、「女性自身」の原稿料なしには生活が成り立たない現実がつづいた。

ぼくたちは少しずつ、しかし確実に離れてしまい、離れていったすえに、もう二度と会うことのかなわない壁のこちら側と向こう側に別れてしまった。一九八九年のことだった。

＊

Sがぼくの前から去ったあとも、ひとから〝売れっ子〟と呼ばれるフリーライターになってからも、ぼくは「女性自身」の仕事をつづけた。今度は生活のためではない。Sとの接点を、もはやそれは思い出としか呼べなくても、ずっと持っていたかった。

一九九二年、編集部のYさんから「『シリーズ人間』のアンカーマンをやってみないか」と声をかけられた。

すでにその頃のぼくは月産五百枚を超える原稿に追われる日々を過ごし、小説も少しずつ書きはじめていたが、ためらうことなくYさんのお誘いを受けた。なにか、遠くからSが「やったな、重松！　がんばれよ！」と言ってくれているような気がした。

最初の何年かは隔週のペースで、最近の二、三年はほぼ毎週、アンカーマンをつとめてきた。

数え切れないほどの人々の〝生〟を、喜びも悲しみも丸ごと呑み込んでは物語に移し替える仕事を、毎週のようにつづけた。片思いのラブレターを、ひたすら書き継いでいった。それは、ぼくにとっては、つまらないこだわりや小心ゆえに最もたいせつな友人への「好き！」を忘れてしまった負債を返しつづけることでもあった。

＊

ぼくは、Sが自分の前から去ってしまったことで、小説を書く覚悟を決めた。

そして、ぼくの書く小説は、「シリーズ人間」の仕事をつづけることで、確実に変わった。変わったことの是非は、問うてほしくない。ぼくは、いまのぼくの小説を肯定する。人の〝生〟を、人が生きて在ることを、喜びも悲しみも苦しみもすべて含めて「好き！」だと言いたい、その気持ちを根底に置いて、ぼくはぼくの小説を書く。

あとどのくらい「シリーズ人間」の仕事をつづけられるかわからないし、それを言うなら小説だってあと何作書いていくのかわかりはしないのだが、「シリーズ人間」がぼくの小説の原点の一つであることは確かだ。心から感謝する。「シリーズ人間」にかかわってこられたすべての人と、Sに。

＊

本書を、いまはもうこの世にはいないSに捧げたいと思う。アンカーマンのわがままを、許していただきたい。

（『あした命はもっと輝く!』〈光文社〉あとがき　1999・3）

相棒との「再会」

ひとりぼっちの主人公のお話ばかり書いてきた。物語はいつだって、誰かとの別れや死から語り起こされていた。『ナイフ』に収録された「エビスくん」という作品を書き下ろす前のぼくは、どうしても仲間のいる主人公をつくれず、出会いの物語を、裏返せば正面からの別れの物語を書けずにいた。

今度こそ「相棒の物語」を書きたいと願っていた。出会いと別れのドラマを、今度こそきっちりと物語ってみたかった。現実の苦みは残したまま、死ではなく生を、否定よりも肯定を指向する話を、どうにかして書けないものだろうか——。

それは、あの頃のぼくにとってはひどく難しいことだった。

ぼくは現実の、ぼく自身の「相棒の物語」に挫折した男だったのだから。

＊

かつて「相棒」がいた。大学の同級生のSである。「親友」と呼ぶより、やはり「相棒」のほうがふさわしい間柄だった。二人でいろんなことをした。ろくなことはしなかったし、たいしたこともしなかった。だからこその「相棒」なのである。

一九八一年春にぼくたちは出会い、四年後にそれぞれ社会に出て、ぼくはサラリーマン生活にわずか十一カ月で見切りをつけた。すでに結婚をしていたので、なにはともあれ飯を食うために働かなければならない。てっとりばやくフリーライターの仕事を始めてはみたものの、二十二、三歳の駆け出しに仕事がどんどんまわってくるほど、この業界も人材が払底しているわけではない。半年もしないうちに「こりゃあヤバいなあ……」と就職雑誌に手を伸ばすはめになってしまった。

そんなぼくに「ウチで仕事するか」と声をかけてくれたのが、出版社に就職して某週刊誌の編集部にいたSだった。迷う余裕などなかった。感謝した。「ありがとう」と頭を深々と下げると、あいつ、なんともいえない困った顔をして「気にするなよ」と言ってくれた。

その困惑の意味を、ぼくはずっとあとになってから嚙みしめることになる。

学生時代の「相棒」に拾われて、救われた。最初のうちはそれをただ喜んでいるだけでよかった。だが、やがてぼくたちは——少なくともぼくは、もう以前のようにはSと話せなくなってしまった。

ぼくたちはもう「相棒」ではない。仕事をまわす側と受ける側、それも、ぼくはこの仕事を失ってしまうとたちまち飯が食えなくなり、Sの雑誌からすれば代わりのライターはいくらでもいるという、いびつなバランスでの受注関係だった。ぼくは会社ではSを呼び捨てにできず、外でも遠慮がちにしか話せなくなり、いつしか二人きりで酒を飲むこともなくなってしまった。

一九八九年の年明け、ひさしぶりにSと会社の外で会ったときに「フリーの生活はどうだ?」と訊かれた。その頃のぼくはフリーライターとしてじゅうぶんに生活は成り立っていたが、まだSの仕事をあてにしなければ多少不安な、そういう中途半端な時期だった。いつもならためらうことなく自慢話を披露する傲慢なぼくが、そのときはSに気を遣った。駆け出し時代の恩を忘れてはいないからと言いたくて、ことさらに苦労と感謝を強調した。「おまえがいなかったらアウトだったよ」と芝居がかったことを言い、「フリーになんかなるもんじゃないさ」と媚びたふうに笑った。

Sは黙ってうなずくだけだった。

そして、その二カ月後、黙って自ら命を絶った。

会社の仕事に行き詰まり、フリーになることも心の片隅で考えながら、いやそれでも俺は会社の中でしか生きられないんだと自分に言い聞かせたすえの決断だった——と通夜の席で知った。

＊

あの日「フリーってのは楽しいぜ」と答えていたら、「よかったらコンビを組んで仕事しないか」と冗談半分にでも誘っていたら、もしかしたらSは……と考えることは無意味だろう。

ただ、Sと「相棒」の関係に戻れないまま別れてしまったことの苦みは、その後何年も胸の奥にあった。

ぼくは極端に人付き合いが悪くなり、仕事相手の誰とも個人的なおしゃべりを交わさず、顔も合わさず、電話とファックスとバイク便だけを他人との接点にして、ひたすら仕事部屋で原稿を書きつづけた。

小説を書くようになってからも、それは変わらない。作家志望のSは太宰治と村上春樹が大好きで、「相棒」だった頃はときどきぼくに書きかけの小説を読ませてくれた。小説はどれも、主人公が雑踏の中から一歩も歩きださないまま、最初の数枚だけで終わっていた。まるでそのつづきを引き継ぐように、ぼくはひとりぼっちの主人公の物語ばかり書いてきたのだった。

一九九六年秋。二人目の子どもが生まれた。フリーライターの仕事の合間に一年に一冊のペースで書いてきた「別れから始まるひとりぼっちの物語」も、その年の夏に刊行された『幼な子われらに生まれ』で六冊になっていた。

そろそろ歩きだそう、と思った。次の小説こそは「相棒の物語」にしよう。「相棒」との出会いから始まる物語を、どうせぼくの書くお話だ、ひねくれながら、あいかわらず不機嫌に、けれど否定ではなく肯定を指向して書いてみよう。

「エビスくん」を書くのは、ほんとうにキツかった。すぐに立ち止まり、へたり込みそうになる主人公の背中をどやしつけながら、物語を紡いでいった。それは、ぼくにとってのリハビリテーションだったのかもしれない。

「エビスくん」は、小説としての出来不出来はともかくとして、いまに至るまで、ぼくのいっとう好きな作品である。一編の末尾近くの言葉――「会いたいなあ」は、物語からはみ出した、ぼく自身の声だった。「どこにおんねや、きみはいま」は、Sに向けた言葉でもあった。

＊

一九九七年春、『ナイフ』全五編の第一稿が揃った頃、ぼくはSと再会した。担当編集者だった松村正樹さんが出版部から異動になり、後任の中島輝尚さんを紹介されたのだ。二言三言、言葉を交わしただけでわかった。中島さんはびっくりするほどSに似ていた。顔立ち云々ではなく、世の中に対するたたずみ方といったものがそっくりだったのである。

顔合わせで酒を飲んだとき、だから、ぼくはひどく酔っぱらった。初対面の中島さんにめちゃくちゃなことを言いつのった。「あんたとは友だちでもなんでもないんだから」「顔を合わさずに仕事をしたい」「会社なんか早く辞めてフリーになっちまえ」……。

中島さんはぼくの非常識なわがままを苦笑交じりに聞き入れてくれた。『ナイフ』は担当編集者と書き手がその後一度も会うことなく、一冊の本になった。ご迷惑をおかけした。膝をつきあわせればニュアンスを簡単に伝えられる書き直しの提案を、中島さんは電話やファックスで懇切丁寧にぼくに語りかけてくれて、それに導かれて改稿するたびに作品一編一編に確かな手応えが感じられるようになった。書き手の甘えだと叱られてもいい、中島さんは『ナイフ』をめぐる、かけがえのない「相棒」だった。

中島さんとはここ一、二年、よくお目にかかっている。いつもぼくから「会いませんか」とお誘いする。別の誰かと酒を飲んでいても深夜に人恋しくなると会社に電話をかけて、ご本人はもとより関係各位にもしょっちゅう顰蹙を買っている。リハビリは、なんとか完了したのだろうと思う（イヤな「全快」である）。

＊

後日譚が、ある。

一九九九年一月、『ナイフ』は第十四回坪田譲治文学賞をいただいた。さっそく「小説新潮」のグラビアで受賞を紹介してもらうことになったのだが、撮影の手伝いのために我が家を訪れた中島さんは、仕事部屋に足を踏み入れると真っ先にCDラックを覗き込み、ぼくの音楽の趣味を品定めするようにCDのラインナップをチェックしはじめたのだ。

CDをレコードやカセットテープに置き換えれば、それはSが初めてぼくの下宿に遊びに来たときとまったく同じ光景だった。

だから、あの日のフィルム、最初の数カットのぼくの顔は、目をしょぼつかせ、鼻の頭をほんの少し赤くしているはずである。

（『ナイフ』〈新潮文庫〉あとがき　２０００・７）

じゃあ、またな

降ってきたかと思ったが、そうではなかった。墓地を囲む杉木立の梢に積もった雪が、北風に乗って舞い落ちているのだった。

みちのくの空は、きんと冷え込んだぶん、よく晴れていた。広くて、高くて、青い空だ。

墓前にセブンスターとウイスキーを供える。もし生きていれば、いまごろはおまえも「健康のために」なんて言いながら煙草を軽い銘柄に変えていたかもな。二十六歳で死んだS君に笑いかけると、煙草の煙に目がしょぼついた。

六年ぶりの墓参りになる。亡くなったのは年号が平成に変わって間もないころだったから、今年は十三回忌。一人でぶらりと墓参に訪れ、その日のうちに東京に帰ってしまい、これでまた数年間は音沙汰なしになるはずの気まぐれな男を、S君はきっと——生きていた頃もそうだったように、あきれ顔で見つめているだろう。

S君とは十八歳のころに出会った。「親友」と呼ばせてほしい唯一の、たいせつな友人だった。いくつものエッセイで彼のことを書いてきた。小説を書きはじめたころの作品はすべて、二十六歳の彼が自ら死を選んだ、その理由ではなく意味を、ぼくなりに探すためのものだったと言っていい。

S君の葬儀には、おそらく死の事情のせいもあるのだろう、弔辞がなかった。悲しみにくれるよりもむしろ呆然として、だれもがただ立ちつくすだけの別れだった。

弔辞のない葬式なんて、おまえは寂しくなかったか？

雪をうっすらとかぶった墓石にそう語りかけたのは、新幹線の車中で読んだ一冊の雑誌のことが頭に残っていたせいだ。「文藝春秋」の今月号――著名人六十人の弔辞を全文収録した特集を、ぼくは読んでいたのだった。

どの弔辞も胸に深く響いた。言葉そのものよりも、万感の思いを込めて亡きひとに別れを告げるという関係に強く惹かれた。友へ、好敵手へ、師へ、教え子へ、親へ、わが子へ……もはやそれを聞くことのできないひとへ、だからこそ思いを伝えたくて語りかける言葉は、どうしてこんなにも気高く美しいのだろう。

S君に線香を手向けながら、ふと思った。ぼくには弔辞を読んでくれるひとがいるのだろうか、ぼくはだれに対する弔辞なら言葉を飾ることなく語りかけられるだろうか……。

だれもいないかもなあ、とつぶやくと、かけがえのない友人を亡くした悲しみに、あらためて包み込まれた。

だが、それはぼく一人だけの悲しみではないのかもしれない。

あなただって、と問いを外に向けさせてもらおう。

弔辞をおくる相手、おくってもらえる相手が、あなたにはいますか？　たとえばわが子に心を込めた弔辞を読んでもらえる自信はありますか？　恨みつらみをぶつけられるのなら、まだいい。「特にありません」なんて言われてしまったら、つらいですよね、それ。

S君の墓に向かって、くわえ煙草のもごもごとした声で、遅ればせながらの短い弔辞を捧げた。最後に「じゃあ、またな」と声をかけると、杉の梢からまた雪が落ちてきた。中空で午後の陽射しを浴びてかすかに光る、きれいな雪だった。

（「日本経済新聞」２００１・１・23）

一九七〇年代型少年／二〇〇〇年代型中年

二十一世紀の雪だるま

ひさびさに軍手をはめ、庭の隅の収納庫から雪かきシャベルを取り出した。一月八日の朝である。報道では、わが家のあるニュータウンの積雪量は十七センチ。仕事部屋の窓から外を眺めた感じでは二十センチを超えているようにも見える。

雪かきは、踏み固められる前、まだ雪がふわっと積もっているうちに、手早く終えなければならない。それはわかっているのだが、ぼくはシャベル片手に玄関先にたたずんだまま、白一色に染めあげられたご近所の風景をしばらくぼんやりと見つめていたのだった。

あと二カ月で、三十八歳になる。アポロの月面着陸は小学一年生、大阪の万博は二年生のときだった。学校の図画の授業では、しょっちゅう「未来の絵」を描かされた。チューブで結ばれたドーム都市、一人乗りのリニアモーターカー、月面コロニー、モザイクが点滅する人工頭脳……。

その一方で、『ノストラダムスの大予言』や『日本沈没』がベストセラーになり、TVアニメの『宇宙戦艦ヤマト』が登場したのも、やはり小学生時代だった。学年が上がるにつれて、教室の後ろの掲示板に貼られる「未来の絵」にも廃墟やキノコ雲が増えてきたような気がする。

未来はバラ色なのか、暗黒なのか、二十一世紀までに人類は滅亡するのかしないのか──。ぼくたち「一九七〇年代初期型少年少女」は、他のどの世代よりも未来を強く意識して育ってきたのかもしれない。

しかし、「未来」はいつしか「将来」と呼び換えられ、「進路」や「志望校」や「就職先」に形を変えていった。いまは「予定」に縛られているぼくたちも、あと十年もすれば「定年後」や「老後」という言葉をごく自然に口にするようになるのだろう。

そして、二十一世紀にも、雪はあたりまえのように降る。小学生のころ、「未来の絵」に雪だるまを描いた同級生は、たぶんいなかったと思う。バラ色でも暗黒でもなさそうな「未来」の街に、雪は静かに降り積もる。雪かきロボットは、残念ながら、まだ、ない。

道路の雪をシャベルですくって脇にどける。運動不足の中年男には、かなりの重労働である。隣家の十九歳の息子の軽やかな雪かきを横目に、ひとかきしては煙草を一服、またひとかきして額の汗をぬぐう。子どものころに思い描いていた「未来」の自分はもっと颯爽として、若々しかったはずなのだが……。

同い年の妻も、ゆうべは買い換えたばかりの携帯電話の設定に悪戦苦闘していた。小さなボタンの押しすぎで親指が腱鞘炎になりそうだとこぼし、ディスプレイの字が読みづらくって、と目をしょぼつかせる。ぼくたちは、そろそろ「現在」の最前線から脱落しかけているのかもしれない。

雪かきがどうにか終わったころ、娘たちが庭で雪だるまをつくりはじめた。上が小学四年生、下が四歳。長女はともかく、次女の記憶には二十世紀の日々はほとんど残らないだろう。

少し土に汚れた、小さな雪だるまができあがった。

二十一世紀の雪だるまは、やっぱり二十世紀と同じように、翌日の午後には溶けた。

（「日本経済新聞」２００１・１・16）

自転車世代

昨年の秋、仕事先から自転車をいただいた。変速機なし・前カゴ付きの、いわゆるママチャリ。高校時代は修学旅行の代わりにロードサイクルで山口県から琵琶湖まで往復した元・自転車少年にとっては少々面白みに欠ける実用本位の一台なのだが、乗ってみると、これがなかなか楽しいのである。近所のコンビニに出かけた帰りは必ず遠回りをして、なだらかな下り坂にさしかかると、つい「ウィーン、ブィーン」なんて子どもみたいにつぶやいてしまう。

思えば、ぼくたち——一九六〇年代前半生まれは〝自転車世代〟と呼べるのではないか。小学生時代は、近所の道路が次々に舗装されていく時期だった。水たまりや轍でデコボコだった埃っぽい道路にコールタールが敷き詰められ、大きなローラー車が路面を均していく、そんな工事現場の光景が記憶にくっきりと残っている。まだ熱を帯びたコールタールの甘ったるいにおいも忘れられない。そして、舗装したての道路を自転車で走るときの軽やかさといったら……。

子ども用の自転車がカッコよくなったのも、その時期だ。マンガ雑誌には、十段変速・ドロップハンドル・フラッシャー付きの自転車の広告が毎週載っていた。「ツン、ツン、ツノダの……」というテレビCMもあったっけ。大人用の自転車を三角漕ぎするのではなく、子ども用の自転車を新たに買ってもらえる、それだけ日本人の暮らしにも余裕が出てきたということなのだろう。

なんといっても、自転車は自分で運転するというのが嬉しい。ペダルを踏むのもブレーキをかけるのも自分の判断。ちょっとオトナになった気分である。歩いているときの町と自転車で走る町とは微妙に違う。自転車に乗っていると、ヒーローや正義の味方になった気分で町を眺めることができる。走るよりもずっと速いスピードで、真新しい舗装の道路をぐいぐいと進む。クラスの女の子が不良にからまれていたら助けてやるぞ、なんて夢見ながら、遠くへ、遠くへ、遠くへ……。

そんな少年時代の記憶をなぞりながら、三十八歳のオジサンは、アップダウンの多いニュータウンをママチャリで駆ける。運動不足の体はちょっと走っただけで息が切れ、シャツの背中が汗でびっしょりになるが、それでも、楽しくてしかたないのである。

問題点があるとすれば、ただひとつ。そうでなくても昼間は人通りの少ないニュータウンを茶髪・ヒゲ面の中年男が自転車で乗り回しているというのはずいぶんアヤシげなのだろう、向こうから歩いてくるオバサンたちはぼくに気づくと露骨に警戒し、なかには車道側の肩に提げていたバッグを、ぼくにひったくられないよう反対側に提げ直すひとまでいる始末だ。

ずいぶんな仕打ちだとは思うが、自転車に乗っているときのぼくはとにかくご機嫌なのである。正義の味方になりきっているのである。町の治安を守るためにあえて〝ひったくり予備軍〟の汚名をかぶって、今日もぼくは自転車に乗ってご町内を走りまわるのである。小学五年生の長女から「昼間に学校の回りは走らないでよ」と釘を刺されつつ……。

（「日本経済新聞」２００１・５・29）

男子ってガキなんです

取材で自分の世代の特徴を尋ねられるたびに、「いい歳をしてオトナになりきれないんですよ、男は」と答える。一九六三年三月生まれの、三十八歳。かつて新人類と呼ばれた世代の端くれの実感として、と思うのだ。

不惑を間近に控えていても、俺たちってガキだよなあ、と思う。夫だの父親だの係長だのといった立場の重みを（できればカッコよく）かわしてしまいたい。髪の毛が寂しくなったり腹が出たりしても、いつまでもお笑いと音楽とファッションのセンスは現役のつもりでいて、浮かれ騒ぎのバブルの頃と古いアニメの主題歌が懐かしくてたまらない……。

そんな同世代の男性を繰り返し小説で描いているぼくにとって、この三カ月ほどの間に接した三人の女性の訃報は、なんともいえず重く苦いものだった。

昨年十二月に劇作家の如月小春さんが四十四歳で亡くなり、今年三月には、ニュースキャスターの久和ひとみさんが四十歳で、ノンフィクション作家の井田真木子さんが四十四歳で亡くなられた。

それぞれの道を全力で駆け抜け、早過ぎるゴールを迎えてしまった三人の女性を思うたびに、同級生の女子――特にしっかり者で優等生だった女の子たちの姿が浮かんでくる。同じ教室にいても、女子のほうが男子よりずっとオトナだった。考えることも、行動も。教室や廊下で騒ぐ男子を見るときの「まったくガキなんだから」というまなざしを、ぼくはいまもはっきりと思いだせる。なにかにつけて「男になんか負けないから！」と意気込む、勝ち気な女の子の声も。

ぼくたちの世代は、キャリアウーマンという言葉がごく日常的になった世代でもある。大学の同級生は男女雇用機会均等法の施行と前後して社会に出た。

いま、彼女たちはどうしているのだろう。キャリア組の生活に疲れて会社を辞めてないか？　理不尽なリストラに遭ってないか？　親の介護と仕事の両立に苦労してないか？　早いうちからオトナだったひとは、そして「女のくせに」の声をバネにがんばりつづけてきたひとは、そのぶん、体と心にたっぷりと疲れを溜め込んでいるはずだ。同級生がみんな昔どおりに溌剌と「男子ってガキだもん」と言いつづけていてくれれば嬉しいけれど、それは難しいだろうな、たぶん。

大学時代の同級生で、教師の仕事を持っているぼくの妻は、最近「ああ、疲れた」が口癖になり、久和ひとみさんの訃報に接してから人間ドックに入ることを真剣に考えはじめた。男の厄年四十二歳は、働く女性にも当てはまるのかもしれない。

ついさっき、ぼくはオトナになりきれない同世代の男を主人公にした小説をまた一編書き終えた。仕事部屋から出ると、キッチンでは帰宅したばかりの妻が、娘たちにせかされながら外出着のまま夕食をつくっていた。そんな光景に後ろめたさを感じながらも、ぼくは「こっちも疲れてるんだから」と自分に弁解して、「今夜は俺が料理をするよ」とは口にしない。

そういう身勝手なところが男子のガキっぽさなのよ——同級生の女子の声が、どこからか聞こえてくる。

（「日本経済新聞」２００１・４・３）

元・女子の皆さん、お元気ですか

作風や文体は決しておとなびているとは思わないのだが、オジサンくさい風貌や名前のせいだろうか、業界では「シゲマツには若い女性読者がいない」というのが定説になっているらしい。サイン会を開くたびに、それがよーくわかる、と旧知の担当編集者は言う。よけいなお世話である。「売れる作家になるには、若いファンをつかまなきゃ」だって？　ほっといていただきたい。「バレンタイン・デーにサイン会を開いてチョコを一個も貰えない作家なんて、あんただけだよ」——本人が誰よりも痛切に、哀切に、その残酷な事実を嚙みしめているのに。

それはともかく、サイン会は実際、大の苦手である。緊張と恥ずかしさとで顔を上げられず、ひたすら名前を書きつづけるだけなのだが、「○○○○様」と名前を書くだけでも、数少ない女性読者のほとんどが同世代だというのは実感できる。

由美子さん、和子さん、真由美さん、美由紀さん、雅子さん、友子さん、宏美さん、裕子さん、洋子さん、淳子さん、幸子さん、美智子さん、由紀子さん……。

いままでのサイン会で「美」と「子」をいったい何百回書いただろうか。中学生や高校生の頃は、同級生の女の子の名前が地味だなんてこれっぽっちも思わなかったのに、たとえば我が家の小学四年生の長女のクラス名簿とぼくの同窓会名簿を並べてみれば、その差は一目瞭然である。娘のクラスにはアイドルがずらりと揃っているようなものだ。男子だって同じ。翼くんや翔太くんなんて、ぼくたちの感覚ではマンガのヒーロー以外にありえなかったのだから。

いま振り返ると、ぼくたちの親は、子どもに命名するときの選択の幅が、字面も、価値観も、ずいぶん狭かったのかもしれない。目立ちすぎる名前を嫌い、バタくさい名前に憧れながらも後込みして、「こういうものは『あたりまえ』がいちばんなんだから」なんて言いながら、それでも生まれたての我が子に、親を超えていけ、幸せになれ、とささやかな夢を託してくれたのだろう。

サイン会で為書きをするたびに、そのひとの両親の思いを感じる。だから、一文字一文字、へたくそなりにていねいに書こうと心がけている……なんて言うと、ちょっとカッコよすぎるけど。

ところで、サイン会にはときどき高校時代や大学時代の同級生も来てくれるのだが、男の同級生は遠慮がちに「俺のこと覚えてないかもしれないけど……」と声をかけてくるのに対し、女の同級生は自分が忘れられるはずがないという自信に満ちて「シゲマツくん、ひさしぶり！」である。三十八歳のオジサンと、同い年のオバサンの違い——なのだろうか。

そんな元・女子の元気のよさが嬉しくてたまらない。元・男子のくたびれかげんが、いとおしくてたまらない。俺たちはもうオジサンとオバサンなんだもんな、と時の流れをこういうときには素直に受け入れられる。

でも、サイン会で「由美子」や「裕子」という名前を書くたびに、ぼくはやっぱり二十年以上も昔のセーラー服の女の子を思い描いてしまう。〝青春の名前〟なのかな、こういうのって。

（「日本経済新聞」２００１・３・27）

最も古い同居人

　パソコンの液晶ディスプレイと電話機の間──原稿書きに疲れて、ふとディスプレイから目をそらせば、そこにはいつも時計がある。もともとは白かったのが、煙草の脂で黄ばんで、触るとちょっとべたべたする、アナログ式の古い目覚まし時計だ。

決して高いものではないことは確かだが、値段はよくわからない。ブルーチップだったか、グリーンスタンプのほうだったか、とにかく買い物をすると金額に応じて収入印紙のようなポイント券をもらい、特典の品物と交換するという、マイレージのような仕組みで手に入れた時計である。

　当時山口県小郡町にあった我が家にそれが届いたのは一九八一年三月三十一日の午後。その日の夕方の夜行列車で上京するぼくのために、母親がポイント券を時計に交換してくれたのである。

　四月一日の朝、四畳半の下宿に着いたぼくは、真っ先にバッグからその時計を取り出して、乾電池をセットした。秒針はさっそく、チッ、チッ、チッ、と時を刻みはじめる。引っ越し荷物の届いていないがらんとした部屋の真ん中に座り込んで、文字盤を見つめた。

今日から新しい生活が始まる。親父もおふくろもいない、ぼくだけの日々が、いま、始まった。興奮とも緊張ともつかず小さく身震いした。下宿の向かいの製本工場がバタバタと騒がしい音をたてていたが、秒針の音はしっかりと、くっきりと、ぼくの耳に届いていた。チッ、チッ、チッ、チッ、チッ、チッ、チッ……。

気がつけば、二十年。時計の針は、三十八歳のぼくの人生の半ば以上の時を刻んできた。上京してから九回の引っ越しをした。置時計を新調するぐらいの生活の余裕はとうにできている。それでも、古い時計を捨てられない。いつだって仕事机のいちばんいい場所に、その時計は、ある。

提出期限の過ぎた大学のレポートをあわてて書いていた十八、十九の頃から、締切の迫った原稿に追われどおしの三十八歳のいまに至るまで、時計はずうっとぼくを見てくれている。妻よりも古く、両親よりも長い付き合いだ。

上京以来の持ち物は、もう一つある。ガラスの、ちょっと大きめの灰皿。これは小郡町の酒屋さんにお歳暮で貰ったものを持ってきた（我が家には、上京する息子に意地でも金はかけないぞ、という質素の美風があったようだ）。

もちろん、灰皿も現役である。ショートホープに始まって、わかば、ハイライト、マイルドセブンスーパーライトと銘柄は変わっても、いつも吸殻が山盛りになった灰皿のたたずまいは変わらない。

深夜、原稿書きの合間に、煙草をふかしながら、ぼんやりと時計に向かい合う。まるまる二十年、よく働いてきたよな、おまえ――。

煙草の脂ぐらい拭き取ってやろうかとは思うが、それもぼくの東京暮らしの歴史のような気がして、まあいいや、と苦笑する。

目覚まし時計の寿命は何年ぐらいなのだろう。もう、この時計も中年のオジサンなのだろうか。

そう思って秒針を目で追うと、文字盤の6から12へ向かって上がっていくのが、えっちらおっちら、少々苦しそうな、まだまだそうでもなさそうな……。

（「日本経済新聞」2001・3・6）

古いギターと友人と

いままで、公式には一度も話したり書いたりしたことはない。でも、ホリオくんにはすべてわかっている。シゲマツが作家？　直木賞？　腹を抱えて笑うあいつの姿が目に浮かぶ。

本邦初公開、十八、十九の頃のぼくの夢――フォーク歌手に、なりたかった。ギターとハーモニカの弾き語りで、もちろんそれは一九八〇年代初頭の時点でもりっぱに時代遅れだったのだが、たとえば河島英五のように、たとえば伊勢正三のように、たとえば吉田拓郎のように……。

そんなぼくの夢を、ホリオくんはよーく知っている。殴れば一発で穴が空きそうな薄い壁を隔てた、二部屋だけの下宿の隣人だ。ぼくのギターと歌を誰よりも間近で、誰よりも数多く聴いたのは、間違いなくホリオくんなのだ。

迷惑かけたなあ、と心から思う。なにせ、階下に住む大家のおばあさんが深夜の騒音にたえかねて心臓の発作を起こして救急車を呼ぶほど、歌いまくっていた。おまけに、大それた夢の割には、歌もギターも下手くそだったのだ、ぼくは。

でも、出来たてのほやほやのオリジナルナンバーを歌い終えると、たまに隣の部屋からホリオくんの拍手が聞こえる。それが嬉しくて、ますます張り切って、ライブハウスのオーディションに落ちてもめげずに、さすがに現実の厳しさを思い知らされた二十歳頃まで、ぼくは毎晩、四畳半のワンマン・コンサートを開催していたのだった。

ホリオくんは、ぼくと同学年の早稲田の学生だった。暇さえあれば二人で酒盛りをした。部屋に鍵なんてかけない。ぼくの冷蔵庫は彼のものでもあり、彼の電話はぼくのものでもあった。

大学卒業後、ホリオくんは故郷の博多で就職した。飛行機で二時間たらずの博多と東京、チャンスがあればいつでも会えるのに、そのチャンスがなかなか来ない。卒業後に顔を合わせたのは十年前に博多で酒を飲んだ一度きり。二時間ほどの再会は近況報告の半ばで時間切れになってしまった。今度会うときには、近況報告の時間がもっと必要になるだろう。

先日、ある担当編集者から、上司がホリオくんの友人だと教えられた。担当編集者はそのことを知らせるファックスに「イッツ・ア・スモール・ワールド！」と書いてくれていた。たしかに世界は狭い。でも、人生は——ぼくたちの暮らしは、世界よりもずっと広くて、とにかく忙しすぎる。

それでも、息子二人の親父になったホリオくんが何年か前の年賀状に書いていた「最近、息子の少年野球に夢中です」の一行から、ぼくは野球を軸にした父と息子の物語を何編も書いた。ホリオくんに宛てた長い手紙を書くように、不器用な熱血パパのお話をいくつも紡いでいったのだ。

作家って、ほんとうに幸せな職業だ。でも、古いギターをいまも捨てられないぼくのほんとうの夢を知っている古い友だちがいてくれるのは、もっと幸せだと思う。

だから、ホリオ、いつかまた会おうぜ。俺が昔の曲の歌詞とコードを覚えているうちに、必ず会おうぜ。青くさい夢の残りかすをしぼれば、意外と美味い酒になっているかもしれない。

歌うぞ。一晩中。

（「日本経済新聞」2001・3・13）

タンポポと鯉のぼり

海も、山も、そして崖の斜面にはりつくような小さな集落も、冷たい風に乗って沖から流れてくる霧にけむっていた。三陸地方の初夏独特の「やませ」である。

海へ至る道すがらの桜は満開だった。スイセンもあちこちに咲いていた。だが、この集落に花の色はほとんどない。数軒の家の庭にひるがえる鯉のぼりの鮮やかな色づかいも、かえって風景の寒々しさをきわだたせているように、旅人まがいのぼくの目には映る。

不運なひとのふるさとである。

Sさん——と、ここでは呼んでおこう。

今年一月二十六日、JR新大久保駅のホームで酒を飲んでいたSさんは誤って線路に転落し、助けに飛び下りた二人の男性とともに電車にひかれて亡くなった。ひとびとは二人の男性の勇気をたたえ、無念の死を悼み、悲劇は美談となった。引き替えに、Sさんの死は、たとえばある週刊誌では「自業自得」と呼ばれた。まるで、英雄の物語を成立させるための憎まれ役のように……。

Sさんは事故当時三十七歳だった。三月に三十八歳になったぼくと同世代。岩手県のふるさとを離れ、東京で一人暮らしをしていたSさんと同様、ぼくもふるさとに両親を残して東京で生きている。

同情めいた好奇心にすぎないじゃないかという批判は覚悟しながらも、Sさんのことをもっと知りたいと思った。報道では顧みられなかったSさんの死と、あの日のあの瞬間に至るまで確かにあったはずの生をたどってみたかった。

事実や真相の追究ではなく、そもそも文章にするあてすらない個人的で漠然とした取材の旅は、一人暮らしのマンション、事故現場をへて、いま、崖の中腹にたたずむSさんの墓前で終わった。

Sさんは、中学卒業後にふるさとを出て以来、ほとんど帰郷しなかったという。当時の友人たちの記憶にも「目立たなかった」「おとなしかった」ということしか残っていない。ふるさとに背を向けたすえに美談の引き立て役になってしまったSさんの存在は、友人たちの息子が「東京に出たい」と言いだしたときに、苦い教訓になってしまうのだろうか。

Sさんは七人きょうだいの三男。家を継いだ長兄は二十年ほど前に海難事故で亡くなった。ふるさとに残った兄、東京に出ていった弟、ともにやるせない形で人生を終えたことになる。お父さんは自宅の庭で材木を削って杭をつくっていた。うつむいたまま「もういいから」と繰り返すしわがれた声は、ぼく自身の父親の声に少し似ていた。

鯉のぼりが霧のなかを泳ぐ。冷たい風に身震いしながら、ここではないどこかをめざして、泳ぐ。一家に男の子が生まれた喜びは、少年の夢とふるさとの現実とをめぐる葛藤の始まりでもある。

墓の横の草むらにタンポポが群れ咲いているのを見つけた。やがて花は綿毛になって飛んでいくだろう。海と山に挟まれた坂道だらけのふるさとから、どこへ――?

帰り道、中学生の男の子と出会った。いまいちばん欲しいものを訊くと「携帯電話!」と屈託なく答えて、小走りに去っていく、その跳ねるような足取りが、風に舞うタンポポの綿毛に重なった。

（「日本経済新聞」2001・5・8）

わが恩師

「弟子」を名乗るほど出来のいい教え子ではなかった。これを言うといまでも真顔で叱られてしまうのだが、授業でなにを教わったのか、いやそれ以前にいったいどんな授業だったのか、ろくすっぽ覚えていない。

学生数名のゼミだった。授業は夕方。先生——東郷克美先生が教室に入ってくる頃、ぼくは大学近くの銭湯で昼間の肉体労働の汗を流している。雀荘でこびりついた煙草のにおいを洗い流す日もあったし、二日酔い醒ましのシャワーを浴びる日もあった。風呂上がりのさっぱりした顔で教室に向かうのは、授業の終わる少し前。お目当ては授業後の酒である。ときには、銭湯から先生行きつけの居酒屋に直行して酒やツマミを勝手に頼み、そんな日にかぎって先生に用事があって飲み会は中止になってしまい、待ちぼうけをくったぼくは伝票の金額に青ざめる……なんてこともあった。

ひどい学生である。ただ怠惰というだけでなく、いま振り返ってみると、ヤンチャなガキが甘え半分でいたずらを繰り返していたような気もする。大学四年生にもなって、まったく情けないワタクシであった。

東郷ゼミを選んだのは、このほど『抱月のベル・エポック』でサントリー学芸賞を受賞された岩佐壮四郎先生に、「東郷さんはおまえのような奴でもちゃんと面倒見てくれるぞ」と言われたのがきっかけだった。また、三年生の時のゼミ担任だった榎本隆司先生にも「おまえは東郷さんのゼミのほうがいいだろうなあ」と、どうも厄介払いのような気がしないでもなかったが、東郷ゼミ入りを勧めてもらった。要するに、ぼくは、先生の専攻も業績も知らず、ただ先生の懐の深さと広さだけを頼りに東郷ゼミに飛び込んだのだった。

じっさい、先生は優しかった。ぼくの甘えをいつも苦笑交じりに受け止めてくれた。

「おまえは……もう、おまえは……」

舌打ちしたり、あきれはてた顔でそっぽを向いたりしながらも、無礼で生意気な学生を決して見捨てたりはしなかった。

ぼくに殴られた同じゼミの学生が学校に来なくなってしまったときも、酔って駅の階段から転げ落ちた先生を介抱もせずに「じゃあ、先生、さよーなら!」と立ち去ったときも、先生は憮然とした表情を浮かべながら、それでも最後には「おまえはそういう奴だからなあ」の一言で許してくださった。

「おまえもなあ……うん、シゲマツ、おまえもなあ……いいかげんになあ……」

ちょっと鼻にかかった声でつぶやくように言って、しばらく言葉が途切れ、まあいいか、と焼酎のお湯割りをちびりと飲む、そんな先生が、ぼくは好きだった。いまでも好きだ。

「弟子」の資格がないのはわかっていても、先生は、間違いない、ぼくの「恩師」である。

　先生のお書きになった論文やエッセイを読むようになったのは、この数年のことである。論文の内容をちゃんと理解できているとは思わないが、文章の、たとえば句読点のちょっとした息遣いに、先生の表情や仕草、口調が重なり合って、ページをめくるにつれて胸がふわっと温もってくる。先生に会いたいな、と思うのはそんなときだ。

　年に一度ぐらいの割合で、先生を酒にお誘いする。もうオレもオトナなのだから今度こそ礼儀正しくふるまおう、と自分に言い聞かせながらも、いざ先生の顔を見てしまうともう駄目である、ヤマカンだけの文学論をぶち、べろべろになるまで酒を飲み、飲み屋に居合わせた客を小突き、タクシーの運転手を怒鳴りつけ、恩師に成長のかけらも見てもらえぬまま再会の一夜を終えてしまうのである。

　小説の単行本をお送りするたびに、先生からはいつも丁寧なお手紙を頂戴する。叱咤激励の「叱咤」があえて省かれた先生のお手紙を、深夜、仕事に行き詰まると何度も読み返す。元気が出る。「ほらみろ、オレには才能があるんだよ、ナメてるんじゃねえぞバカ野郎」と誰でもない誰かに毒づく気力が湧いてくる。弟子以下の教え子は、どんなときにも恩師に甘えっぱなしなのである。

　何年か前の秋、故郷から送ってきた柿や栗を、ふと思い立って先生のお宅にお持ちしたことがある。早朝、『ごんぎつね』よろしく、こっそり玄関の外に置いて立ち去った。

帰り道、「おまえは……もう、おまえは……」と嘆息する先生の姿を思い浮かべて、なぜだろう、ちょっとだけ、泣いた。

（「読書人」１９９８・12・４）

あおげばとうとし

スケジュールを組んでくれた担当編集者のKさんが、「ほんとうに泊まらなくていいんですか?」と念を押して訊いた。

かまわない。泊まる必要などどこにもないし、泊まったってしょうがないし、へたに長居をして寂しさを噛みしめるぐらいなら、さっさと新幹線に飛び乗ってしまったほうがましだ。夕方五時、サイン会開始。六時終了。そのままタクシーで新幹線の駅まで移動。

高校時代を過ごしたY市に滞在する時間は、サイン会前の余裕を含めても二時間たらずという計算だった。

「あの町、好きじゃないんです」とぼくは笑う。冷ややかな笑い方になった。「それに、どうせ誰も来ませんよ」

Kさんは納得しきらない顔でうなずいて、「じゃあ、このスケジュールで組みますから」と言った。

昨年十一月のことである。

＊

ぼくは、ものごころついた頃から引っ越しを繰り返してきた転勤族の息子だ。小学六年生から高校卒業までの七年間を、新幹線の駅があるO町で過ごし、高校時代はO町からローカル線で二十分ほどの距離にあるY市の県立高校に通った。

O町もY市も、ふるさとではない。たまたまその時期に住んだり通ったりしていたというだけの土地だ。一つの町に七年間も暮らしたのは初めてだったが、それも結果論にすぎない。

「どうせすぐに引っ越すんだから」「いつまでもここにいるわけじゃないんだから」という、カッコよく言えば刹那的な思いが、いつも胸にあった。どうせ一生付き合う仲間じゃない、こいつらはみんな幼なじみで俺だけがよそ者で、だから、仲良くしていたってほんとうの友だちなんかじゃない……。

高校に入ると、その思いはさらに強くなった。

Y市は人口十万人台の小さな盆地の町だが、室町時代には小京都と呼ばれるほど栄え、その名残でいまも県庁が置かれ、なにか町ぜんたいの気位が高かった。旧制中学の流れを汲む県立Y高校に進み、地元の国立大学の経済学部をへて県庁に就職——というのが、Y市のエリートコースで、要するに狭い世界でお山の大将になることをみんなが目指していたのだ。

大嫌いだった。町も、ひとも。

仲のいい友だちは何人かいたが、深い話はなにもしなかった。相手が踏み込んでくると、サッと心の扉を閉ざした。一生付き合う相手なんてここには一人もいないんだ、と勝手に決めていたのだ。

先生から学んだこと――？

おあいにくさま。

ぼくは教師から勉強以外のことはなにも学ばなかった。東京に出て勝負をしたい少年にとって、田舎町の教師の退屈な暮らしに疑問すら抱かないようなオトナから学ぶべきものなどない。

そう思っていた。意地を張っていた。東京で、誰と、なにを勝負するのか、具体的なことはなにひとつわからないまま。

＊

中学や高校時代の友だちと、いまはいっさい付き合いはない。東京に出てきたばかりの頃は同じ上京組の仲間とつるんで遊ぶこともたまにあったが、彼らは皆、大学を卒業するとふるさとに帰っていった。ふるさとのないぼくは、あいかわらず誰となにを勝負するのかわからないまま、じたばたと、あたふたと、東京で暮らしを紡いでいくしかなかった。

両親はぼくが大学に入った年にO町から引っ越してしまい、O町やY市とぼくをつなぐ糸は切れた。同窓会には行かない。年賀状も出さない。教師の顔や名前も、もうほとんど思い出せなくなっていた。

ぼくは二十代の終わり頃から小説を書くようになった。勝ち負けの行く末などなにも見えやしないし、そもそも勝ち負けがあるのかどうかもわからないのだが、とにかくぼくはいま、この世界で勝負をしている。

そして、新著のサイン会で、高校卒業以来十八年ぶりにY市に帰ってきたのだった。

＊

懐かしい顔があった。

高校二年生のときの担任のT先生がいた。隣には、英語のリーダーを教わったA先生も。

「シゲマツ、ひさしぶりじゃのう」

T先生は、嬉しそうに言ってくれた。

「よう帰ってきたねえ」とA先生が笑う。

そんな二人の後ろには、高校時代の仲間たちがいた。T先生が「シゲマツが作家になって帰ってくるんじゃ」と連絡をしたのだという。

T先生も、A先生も、歳をとった。考えてみれば、ぼくが教わっていた頃の二人の先生の歳を、いまのぼくはもう超えているのだ。

サインをした。へたくそな字で、それでもせいいっぱい心を込めて。

「今夜はシゲマツが主役の同窓会じゃ」T先生が満面の笑みで言った。「せっかく帰ってきたんじゃけん、今夜はみんなで呑もうや」

顔を上げられなかった。耳たぶの後ろがすうっと冷たくなり、と思う間もなく火照ってきた。
すみません——謝る声は、かすれてしまった。
ありがとうございます——唇を小さく動かしても、声にはならない。
仲間たちが「なして泊まらんのじゃ」「冷たいもんじゃのう」「わしら楽しみにしとったん
ど」と口々にブーイングをするなか、T先生はもう一度笑顔をつくって、ぼくを見つめた。
「ほうか、まあ、残念じゃけど……元気でがんばれ。これからも応援しとるけえの」
A先生から「荷物になるかもしれんけど、昔を思い出して食べんさい」と手渡された紙袋
には、駅の売店で売っているような土産物の和菓子が入っていた。
新幹線の中で、それを食べた。
「すみません」と「ありがとうございます」を交互に繰り返すように、嚙みしめた。
生意気でひねくれ者の教え子は、この歳になって、やっとなにかを先生から教わった。そ
の「なにか」を、一言では言えないものを、どうにかして言葉にあらわしたかった。新幹線
の車窓を流れる夜の闇をじっと見つめながら、決めた。次の小説は、懐かしい仲間が再会す
る物語にしよう、主人公の教師がなにかを教え子に伝える、そんな物語にしよう……。
今年の正月、T先生とA先生から年賀状をもらった。T先生は「がんばれ」と一言、A先
生の葉書には、ぼくがあの日Y市に泊まらなかったことのお説教が小さな字で、ぎっしりと。

その二枚の葉書を机の前のコルクボードに貼って、ぼくは『カカシの夏休み』という小説を書いたのだった。

（「トライ」２００１・４・25）

ニュータウンのおじいちゃん

東京郊外のニュータウンに移り住んで、九年目を迎える。ニュータウンとはいっても、高層住宅の建ち並ぶ近未来的なたたずまいではない。一戸建て中心の、山田太一さんのドラマ『岸辺のアルバム』に出てきたような家が集まった街である。

一九七〇年代前半から分譲が始まったので、一家の主のほとんどは、三十七歳のぼくにとって父親の世代にあたる。おじいちゃんである。街並みは三十年近い年月をへてそれなりに落ち着いたものになり、不動産広告では「成熟」「風格」あたりの惹句も目にするようになったのだが、一家の主のほうは、はたして「成熟」したのか、「風格」がかもし出されるようになったのか……。

年末年始、駅前のスーパーマーケットで買い物をしていると、お菓子売り場を行きつ戻りつするおじいちゃんの姿をよく見かける。迷っている。悩んでいる。いったん買い物カゴに入れたお菓子を棚に戻しては、いや待てやっぱり、とカゴにまた放り込んだりもする。

孫が遊びに来るのだろう。あるいは二世帯住宅で、ひさびさの「子世帯との交流」というやつなのかもしれない。

ときおり「こんなのオマケのほうが大きいじゃないか」「体に悪そうだぞ」と奥さん相手にガンコ親父の面影をしのばせはするものの、皆さん、やはりうれしそうである。そして、どことなく緊張している。

子どもたちの買い物の様子を横目に見ながら、さんざん迷ったすえ、「ナマモノじゃないんだし」と奥さんに言い訳しつつカゴいっぱいにお菓子を買う――そんなおじいちゃんを見るたびに、しょうがないなあと苦笑いが浮かび、笑みが消えたあと、ふるさとの両親のことを思って、少しせつなくなる。

岡山県に暮らすぼくの両親もやはり、息子一家が帰省するときにはお菓子をどっさり買い込んで孫娘二人を迎える。一日や二日の帰省ではとても食べきれる量ではないし、それだけ買っていながら、なぜか孫のお気に入りのお菓子ははずしてしまう。そのかわり、お菓子の袋の中には必ず、ぼくが子どものころに好きだったパラソルチョコや笛ラムネ、ミルキーなどが入っているのだった。

帰京する日に、母親が残ったお菓子を持たせようとするのを「荷物になるからいいよ」と断り、ちょっと不機嫌になって空港に向かう。「とにかく田舎に帰る気はないから」と言い放つ長男が帰ったあとの茶の間の光景を思い描くと、甘ったるいお菓子を黙ってつまむ父親の背中がぼんやりと見える。

ニュータウンのおじいちゃんたちはどうなのだろう。孫はお菓子を喜んで食べてくれただろうか。息子や娘が、残ったお菓子を「ありがとう」と言って持ち帰ってくれていたらいいな、と思う。

ぼくの書く小説は、いつも、そういうところから始まる。

（「日本経済新聞」２００１・１・９）

ブリまんじゅう

その店のプリンを初めて食べたのは、去年の夏のことだった。わが家を訪ねてきた友人の手みやげである。

毎日行列ができるという評判にたがわず、じつにおいしいプリンだった。舌ざわりはどこまでもなめらか、それでいて、ぷるぷるっとした弾力がたしかに伝わってくる。あっさりした甘みは、舌に載せているときよりもむしろ喉を滑り落ちたあとに、可憐な白い花がそっと開くかのようだった。

感激にうちふるえるぼくに、友人は言った。

「じゃあ、今度は秋・冬限定販売のブラマンジェを持ってくるよ」

初耳のお菓子だったが、だからこそ期待もいや増すというものである。

先日、半年ぶりに姿を見せた友人は、約束を忘れてはいなかった。「ほら、七月に話したブラマンジェ」とドライアイス入りの小箱を軽く掲げ、自慢げに胸を張った。

しかし、友人は知らない。ミルクと生クリームとコーンスターチをゼラチンで固めてつくったブラマンジェは、ぼくが妻や娘に「えーと、ほら、ブラ、ブラ……ブリだったかな、マンジュとかなんとか……」と話しているうちに、わが家では「ブリまんじゅう」という名前になっていたのだった。

「IT」を「イット」と読んだという噂のどこかの国の首相を笑う資格など、ぼくにはない。自分でも情けないくらい片仮名に弱い。「フランチャイズ」はつい数年前まで「フライチャンズ」だったし、フリーライターとして湾岸戦争の記事を書いていたときは、「ブリーフィング（報告）」を、意味すらあやふやなまま「挨拶だろうな」と勝手に決めて「グリーティング」と書いてしまい、赤っ恥をかいた。教養小説を意味するドイツ語「ビルドゥングス・ロマン」は、いまだに正確に書けない――ということを書くために、外来語辞典をひくありさまである。

そういうミスをおかすたびに、子どもの頃、新しい片仮名言葉をしょっちゅう間違える父にいらだっていたことを思いだす。片仮名だけではない。歌詞、アイドルの名前、テレビ番組のタイトル……まるっきり知らないのならまだいい、ハンパに合っているところが、逆にいらだちをかきたてる。「知ったふりして言うなよ」と心の中で父に何度毒づいただろう。

だが、いま、ぼくはその頃の父と変わらない歳になり、浜崎あゆみなどの歌を口ずさんでは、小学四年生の長女に「ちゃんと覚えてから歌ってよ！」と叱られている。自分が少しずつ世の中の〝新しさ〟からこぼれ落ちているんだと思い知らされ、そんな寂しさを親父も味わっていたんだろうなとも気づいて、ただ苦笑するしかない。

ブリまんじゅうは、その夜の夕食後、家族で食べた。妻と長女はもちろんブラマンジェぐらい知っていて、せっかくのお菓子が生臭くなった気がする、と文句を言いどおしだったのだが、パパの言葉を素直に信じてくれる四歳の次女は「わーい、ブリまんじゅーう」と大はしゃぎである。

そんな次女に、間抜けな親父は威厳たっぷりに「ブリは出世魚なんだから、縁起がいいんだぞ」と自分のブリまんじゅうを分け与えたのだった。

（「日本経済新聞」2001・2・13）

カレーライス

もう、「世紀末」なんて言葉はつかえない。それはよくわかっていても、二十一世紀の幕開けのこの半年間、つい紋切り型に「世紀末だなあ」「世も末だよ」と口にしてしまったことが何度もあった。いやな事件が相次いだ。あきれはてる出来事も多かった。

六月の終わり――二〇〇一年上半期が終わったことになる。『上半期十大ニュース』はずいぶん密度が濃く、かつ重苦しいリストになるだろう。もしかしたら、ひと昔前の『年間十大ニュース』を二、三年ぶんまとめてもかなわないほどの。

だが、過ぎ去った日々を事件やニュースだけで記憶するのは、ずいぶん乱暴な話じゃないか？

事件やニュースは大切なことではあるけれど、すべてじゃない。

二十一世紀の幕開けの半年、我が家では十一回カレーライスをつくった。たとえお決まりの市販のルーを使い、材料の分量も変わらなくても、十一回すべてがまったく同じ味だったはずはない。家族の体調や食事中のおしゃべりの話題、オカズ、妻のご機嫌などによって、カレーの味は微妙に、けれど確かに変わってしまう。

その一つ一つを記録し、記憶することはできなくとも、新聞やテレビニュースが事件を数えあげて二〇〇一年上半期を語るのなら、ささやかなお話を語るのが仕事のぼくは、十一回のカレーライスはそれぞれ味が違っていたんだよなあ——と、せめてそれだけは忘れずにいたい、と思う。

辛いカレー、水っぽいカレー、ジャガイモが固かったカレー、豚肉の脂身が多いカレー、長女と口喧嘩しながら食べたカレー、お天気屋の次女がふてくされてしまった夜のカレー、つらいニュースを伝えるテレビのスイッチを思わず切ってしまった夜のカレー……。

多くは望まない。ごくあたりまえの暮らしのなかで家族そろってカレーライスを食べられる夜を、ぼくは「幸せ」と呼ぶ。そんな夜が、どこの家でも、いままでどおりに、これからもつづいてくれればいいな、と思う。そして、ゆうべまでの「幸せ」を一瞬にして奪われてしまったひとたちのことを思って、ぼくはこれからもときどき、ひどくしょっぱいカレーライスを食べるだろう。

半年にわたってお付き合いいただいた連載も、最終回である。キッチンでは、妻と娘たちがキャアキャア言いながら今年初めてのかき氷をつくっている。「かき氷って、どうせ水じゃん」と生意気なことを言う次女の声が、ついさっき聞こえた。

ぼくの書く文章だって、かき氷みたいなものだ。結局はただの水に戻ってしまうかき氷をせっせとつくっては、しょっちゅうシロップをかけすぎて叱られている。

それでも、ぼくは「ごくあたりまえの暮らし」という水が大好きで、それを「お話」というかき氷に仕上げることがもっと好きなんだろうな、と思う。
梅雨が明ける頃、新しい長編小説の連載が小説雑誌で始まる。ぼくと同世代の主人公は、きっと何度か家族とともにカレーライスを食べるだろう。その味をどうするか思案しながら、ぼくはいま、「お話」のための水が凍るのをじっと待っているところだ。

(「日本経済新聞」2001・6・26)

ふるさとの六月

略歴を問われたら、出身地は岡山県と答える。戸籍上の本籍地もそうなっている。岡山県の北部、中国山地がすぐそばまで迫った小さな町――K町が、ぼくの故郷ということになる。祖父母が住んでいた。親戚もいる。盆や正月には必ず帰省してきた。だが、子どもの頃は父の転勤に伴って全国各地を回り、大学進学後はずっと東京暮らしのぼくは、K町で生活したことがない。帰省する日数は年に一週間ほど。多く見積もっても、K町で過ごした日々は、三十五年生きてきて、三百日にも満たないはずだ。赤ん坊でいうなら、まだアンヨができるかどうか、といった段階なのである。

さらに、数年前に気づいたことなのだが、ぼくはK町の六月を知らない。他の月は、少なくとも一日はK町で過ごしているのだが、六月だけは、生まれてから一度もK町に出かける機会がなかったのだ。

六月――梅雨時である。家の前の田んぼで、カエルはどんなふうに鳴いているのだろう。庭ではなんの花が咲いているだろう。畑の様子はどうだろう。雨に煙った山なみは、どんな色合いをしているのだろう。寒いのだろうか。蒸し暑いのだろうか。なにもわからない。ぼくは、六月の故郷について、想像でしか語ることができない。

ジグソーパズルのピースが、一片だけ欠けている。レコードの、決まった箇所で針が飛んでしまう。欠落感と呼ぶほど他の月の思い出が豊かなわけではないけれど、ぼくは自分の知らない六月の故郷を思うたびに、なんとも落ち着かない気分になってしまう。その居心地の悪さこそがぼくと故郷との関係なのではないか、そんな気もする。

ずっとK町を離れてサラリーマンをつづけていた父は、三年前に定年退職したのを機に、母とともに故郷に帰った。祖母は九十歳を超え、両親もそれぞれ還暦を過ぎた。年寄り三人の静かで寂しい日々です、と母はいつか手紙に書いていた。

ぼくは長男である。そして、故郷を問われるとためらいなく東京と答える二人の娘の父親でもある。

帰ってこい——とは、いまは言われていない。言われても困る。しかし、田んぼと畑に囲まれてひっそりとたたずむ古い家に「帰る」人間がぼくしかいない、ということも確かなのだ。

今年ももうすぐ暮れる。祖母と両親がこの一年健康でいてくれたことに感謝しつつ、ぼくはまた、故郷を遠ざけたままで一年を過ごす。来年も再来年も、きっとそれを繰り返す。いつかはわからない、けれど確実に訪れるはずの、故郷と直面せざるをえない瞬間を、ぼくはあと何年先送りできるだろうか……。

中原中也の「帰郷」という詩に、こんな一節がある。

〈あゝおまへはなにをして来たのだと……／吹き来る風が私に云ふ〉

ぼくの故郷の風は、六月から吹いてくる。梅雨の湿り気と草のにおいの溶け込んだ、少し重たい風である。


（「別冊文藝春秋」１９９９・１）

引っ越し人生

引っ越しばかりしてきた。両親と一緒だった高校卒業までの十八年間で、九回。上京後も十七年間で八回の引っ越しを経験した。親と同居していた頃の引っ越しは父の転勤によるものだったのだが、それ以降はすべて、ただのワガママである。

街、駅、隣人、間取り、室内のたたずまい……。飽きてしまう。本のページをめくるように、自分を取り巻く風景を変えてしまいたくなる。幼い頃からずっと、「どうせすぐに転勤だから」と段ボール箱が部屋の隅に積んである光景を目にしてきたせいか、街や家に住み慣れるという感覚がピンとこないのだ。

もしも父が単身赴任をしていたら、そのあたりはだいぶ違っていただろう。ひょっとしたら上京すらしなかったかもしれない。よくもまあ律儀に一家全員お付き合いしたものだ、と自分でもあきれながら、そういえば昔は「単身赴任」なんて言葉はめったに聞かなかったな、とも思い出す。転校を繰り返した代わりに、いつも父が身近にいた。それをいまは素直に感謝したい。

ぼくの上京後も、両親は父の定年まで何度も引っ越しをした。ぼくは両親の家の住所をほとんど覚えられず、両親もぼくの住所を、たぶん諳んじてはいないだろう。実家の住所録の〈重松清〉の欄は、旧住所を二重線で消しては余白に新住所を書き込み、それをまた消しては横に書き込み……の繰り返しで真っ黒になってしまっていた。

両親はいま、父の故郷で暮らしている。段ボール箱は、もう、部屋にはない。最近、家の裏山にはタヌキが出没しているらしい。先日届いた手紙には〈家族そろってトコトコと歩いているのが、とてもかわいらしいです〉とあった。

（「朝日新聞」１９９８・２・24）

片道だけの孝行息子

山のかたちが、まず、違う。関東地方の切り立った山並みに比べると、八百キロ近く西下した岡山近辺のそれは、いかにも丸っこく、稜線もなだらかで、水田や畑の広がる里の風景とひとつながりに目に流れ込んでくる。

新幹線や飛行機に乗っているときはまだ東京の生活を半分背負っているような気ぜわしさが残っているが、レンタカーが国道に入り、ふるさとの山並みをフロントガラス越しに眺めると、ようやく「帰ってきたなあ」というのんびりした気分になる。両親が暮らす父親の実家に向かうときには国道53号線、祖母が一人暮らしをする母親の実家に先に顔を出すときには国道180号線、いずれにしても岡山の市街地から北へ向かうドライブである。

ふるさととはいっても、転勤族の子どもだったぼくは、岡山で暮らしたことは一度もない。子どもの頃から、ふるさとは「帰省する場所」であって、「暮らす場所」ではなかったのだ。だからなのか、家に着いて両親の顔を見るときよりも、こうして車に乗っているときのほうが、よりリアルに「帰郷」を感じる。

国道53号線は旭川、国道180号線は高梁川に沿って延びている。沿道には、夏なら「オトリ鮎あります」、冬場は「川ガニ料理あります」の立て看板。秋にはたわわに実った柿の実がほんとうにきれいだし、春には菜の花やレンゲが町を染める。

東京の暮らしでは目にすることのないおだやかな風景に包まれて車を走らせていると、自分が少しずつ優しくなっていくのを感じる。いや、実際、今度こそ優しくなろうと心に誓うのだ。一泊か二泊の短い帰郷でも、その間はにこにこと微笑みを絶やさず、年老いた両親に親孝行してやろう……。

ところが、なぜだろう、実家に着いて車を降りてしまうと、その誓いがどこかに消え失せてしまう。息子一家の帰郷にはしゃいで酔いつぶれる父親を冷ややかに見つめ、話のくどくなった母親にいらだち、しまいには「もう二度と帰るもんか」とふてくされてしまう。遠足の前夜に張り切りすぎて、当日になると妙にひねくれてしまうガキみたいな話である。

東京に戻るときのドライブは、いつだって後悔で胸がいっぱいになっている。それでも、背にしたふるさとの山並みは、そんなぼくにあきれはてながらも「まあ、また帰ってこいや」と苦笑してくれているように見える。

だから、今年もまた、片道だけの孝行息子は仕事のスケジュールをやりくりして、ふるさとへ帰る。今度こそ、今度こそ、と自分に言い聞かせながら。

（「アクセス」1999・秋）

二人のおばあちゃん

別れぎわに向き合った母方の祖母の顔は、おどおどと心細げに見えた。四、五歳の少女のように透きとおった、だからこそ心の在りかが読み取れないまなざしで、八十代半ばの祖母はぼくを見つめるのだった。

記憶のはっきりしている時間と霧のような時間とが交じり合う、いわゆる「まだら惚け」の段階が、本人はいちばん苦しいのだという。いまはかろうじてぼくを孫だと理解していても、次に会うときにはわからない。いっそすべての記憶をなくしてしまったほうがおばあちゃんは楽になるんじゃないかと思いながら、それは年に一度か二度しか会わない者の勝手な言いぶんなんだ、と故郷から遠ざかった暮らしのなかにいる自分を叱った。

祖母の小さな体を抱きしめる。「また来るからね」と幼な子をなだめるように言う。

間に合いたい――と思った。

昨年十二月、直木賞の最終候補に『ビタミンF』が残ったという連絡を受けたばかりのころである。生来のひねくれ者ゆえ「たかが直木賞じゃねえか」とあちこちで言い放っているぼくだが、告白する、祖母の痩せた肩を包むように抱きながら、直木賞をいただきたいと心の底から願った。みっともない考え方だとは承知のうえで、祖母がぼくを見分けられるうちに「孫が直木賞をもろうたんじゃ」と自慢させてやりたかった。

願いは、かなった。受賞の知らせを受けたあと、選考待ちに付き合ってくれた担当編集者の皆さんに無理を言って、祖母のために乾杯をしてもらった。

長い夜である。記者会見、二次会、三次会……と場所を移動しているとき、だれかに言われた。

「ご両親のための乾杯をしなくてよかったんですか？」

虚をつかれた思いだった。両親への感謝の気持ちや、あるいは両親と受賞の喜びを分かち合う発想といったものは、頭からすっぽりと抜け落ちていた。

たとえば記者会見で「喜びを真っ先に伝えたいひとは？」と尋ねられていたなら、母方の祖母や父方の祖母の名前が口をついて出たかもしれないのだが、少なくとも「両親です」とは答えなかっただろうと思う。

背を向けているわけではない。好きか嫌いかで分けるなら、間違いなく父も母も好きだ。十代のころのように「両親？　関係ねーよ」とすねたりはしない。それでもやはり、正面きって「親父、ありがとう」「おふくろ、やったぜ」とは言いづらいのだ。

そのあたりが三十七歳の息子と六十代半ばの親との微妙な関係なのだろうか。もう少し両親が年老いていれば敬老精神も発揮できるのだが、なにしろ父は、ぼくの父親であり、二人の娘の祖父であると同時に、九十四歳の祖母の息子なのだ。母もまた同様である。だからなのか、両親の「老い」をストレートに感じ取れない。祖母二人の「老い」に紛れて、両親だって静かに年老いているのだという実感がわかない。

しかし、いずれ――もしかしたら明日かもしれない、ぼくは孫という気楽な立場をうしなって、両親の「老い」とまともに向き合わなければならなくなるだろう。そのとき、ぼくはどんな家族の日々を過ごし、どんな家族の物語を書くのだろうか。

受賞の数日後、母から電話があった。母方の祖母は新聞にぼくの写真と名前を見つけて涙を流して喜んでいたが、翌日にはそのことをすっかり忘れていたらしい。いっぽう父方の祖母は、孫の受賞を喜びながらも、茶髪に無精髭というぼくのいでたちに少々おかんむりだったという。

九十四歳のおばあちゃんにお小言をくう新・直木賞作家かあ、と苦笑する。母方の祖母の、思いだせない記憶のひだに、受賞をはしゃぐお調子者のぼくもいっしょにしまいこんでもらおう、と決める。二昔前なら、祖父母が存命の直木賞作家は珍しかったんじゃないだろうか。そんなことも、ふと思った。

（「朝日新聞」２００１・２・13）

田村章と岡田幸四郎

古い日記帳のことから書く。

昭和五年——前年秋以来の世界恐慌が日本にも及び、失業者は秋までに三十万人、年間一万四千人近くもの自殺者が出た年の日記である。

一月一日、日記の主は新しい年の幕開けにあたって、こんな決意を書き綴っている。

〈汚らはしい過去の想ひ出は潔く捨て去つて、更正の意気に栄える１９３０年のスタートを切るのだ。／アルミニュームの様だつた俺を断然と放擲して鋼の弾力と黄金の光澤と鉛の比重とを兼ね具へた自己を果敢に闘ひとらねばならぬ〉

ずいぶんと調子が高く、かつ妙に文学臭い文章である。

そのくせ、翌一月二日には〈十時過ぎやつと起床。高松に居ても相当呑気だが、久し振に国へ帰つた時の気持も又呑気なり〉と早くも〈アルミニューム〉に戻ってしまい、その夜は故郷の友と朝まで痛飲、途中で酒宴を抜け出して旧知の女性と面会し、〈何時の事になるか解りもしない再会を約して別る。彼女に対する時ばかりは罪多き俺を悲しと思ふ〉……一人で盛り上がっているのである。

日記の主は、二十三歳の銀行員。

名前は、田村章。

ぼくの母方の祖父である。

そして、「田村章」は、ぼくでもある。

＊

ぼくは二十三歳の頃から三十六歳の今日に至るまでフリーライターの仕事をつづけている。ゴーストライターや無署名記事も含めると、単行本百冊、雑誌原稿三千本を手がけてきた。優秀かどうかはともかく、勤勉なライターだという自負はある。

ペンネームをたくさん使ってきた。女名前もあれば、いかにも怪しげな外国人の名前もある。覚えているだけで十八種類、実際にはもっと多くの名前を使ってきたはずだ。

「名付けのゲーム」とでも呼べばいいだろうか、一つペンネームを思いつくごとに、その人物のプロフィールを、たとえ文章には出てこなくともあれこれ考えるのが好きだった。国籍、性別、年齢、出身地、信条、趣味、家族構成、年収……。著名人になりかわって文章を書くゴーストライターの仕事も、きっと、ぼくにとっては「名付けのゲーム」のバリエーションだったのだろう。

そんなふうに名前を次々に使い捨てながら、いまなお捨てられない名前が、二つある。

田村章と岡田幸四郎。

田村章は母方の、岡田幸四郎は父方の、それぞれ祖父だ。「おじいちゃん」と呼んだことはない。二人ともぼくが生まれるずっと以前に亡くなっていたし、ぼくにはちゃんと別の「おじいちゃん」がいた。

母方は、祖母が再婚した「おじいちゃん」。父方は、父が少年時代に岡田家から養子に行った先の重松家の「おじいちゃん」。二人ともぼくと血のつながりはない。父の養家の姓を冠した「重松清」というぼく自身の名前も、戸籍上の本名ではあっても、どこかペンネームにも似た虚構のにおいを、子どもの頃からずっと感じていた。

すでに故人となった「おじいちゃん」二人には、ほんとうに可愛がってもらった。ぼくも「おじいちゃん」のことが大好きだった。いま振り返ってみても、「おじいちゃん」との思い出は楽しいものばかりだ。

それでも、大学を卒業した頃から、田村章と岡田幸四郎のことがむしょうに気にかかるようになった。思い出をたどれないからこそ、二人の祖父と自分とのつながりをいつも感じていたい、と願うようになった。

ぼくは大学卒業の四カ月後に結婚をした。故郷から遠く離れた東京で家族を持ち、もう故郷で暮らすことはないだろうと決めて、そして、フリーライターとしての最初のペンネームに二人の祖父の名を選んだのだった。

＊

田村章の日記帳は、新潮社発行の『新文藝日記』である。島崎藤村や佐藤春夫、横光利一らの題言や随筆が月ごとに掲げられ、巻末には『現代文士録』『現代作家年譜』、さらには投稿用の原稿箋まで付いた一冊だ。

田村章は、じつは文学青年だったのである。

二月二日の日記には、久米正雄についてこんな記述もある。

〈(菊池)寛と共にブルジョアー文学の大所を以て任じて居るだけあつて、ブル的感興の点では文句もあるまいし、行文も亦流麗、而し若い心に魂の底から叫びかける迫力と云ふものは見出せぬ。／プロ(レタリア・重松注)文学にも昔日の如き血の躍動を覚えず、ブル文学は味気なく、唯閑つぶしに読まれる作家も呪はれたものだが、そんな心裡にある今の俺も又哀れな男か〉

もっとも、田村章の興味は文学だけにあったわけではない。赴任先の四国・高松で下宿生活を送っていた彼は、毎晩のように市内の映画館に出かけ、作品の寸評を日記に書き残している。キートン、ギャーネット・ゲイナー、井上金太郎、渡辺篤、『街の天使』、『石松の最后』、『美しの人生』……映画に詳しくないぼくにはチンプンカンプンなのだが、とにかく暇さえあれば映画を観ていたことは確かなようだ。

また、昭和五年は、共産党の全国的大検挙で知られる第十七回総選挙の年でもあったのだが、田村章は足繁く各政党の演説会に出かけ、天下国家を一人で憂えつつ、こんなことまで書いている。

〈政友（党・重松注）よりは民政（党）勝つがよろし。而し何ちらにせよ大した相違はあるまい。要は新興勢力が果して何れ丈けの進出をするかにある。無産各派の同士討ち、共同戦線の不成功。何うして日本の無産党は此んなに迄気の小さい連中揃ひなんだらう。マルクスの「全国の労働者よ、団結せよ！」の言葉なんかてんで顧みようともせぬ彼等の態度、いまいましさを通りこして腹が立つて来る〉

文学や政治にかぎらず、田村章、若造のくせによく怒るのである。

〈美しくもない面をしながら着物だけは一人前の流行を――それも非常に悪趣味な――追つたものを着て、天下の美人妾一人と云つた様な気取り方で歩く浅間しい女の如何に多々目につく事か。馬鹿野郎！〉

なにかあったのだろうか。

〈終業後、事務打ち合はせ会あり。例により長々しい施政演説を拝聴する〉

〈事務打ち合はせ会あり。例の如く味も色もない会合。まんぢうが喰へるので悦に入る人位あるかも知れぬ〉

どうも職場があまり好きではなかったようである。

そしてまた、田村章は、自己陶酔および自己韜晦型の男でもあったようだ。

〈愈々今日から三月だ！／天地全生物の甦生し、躍動する三月。花に、鳥に、草に、そして人の心になつかしさと生き甲斐とをしみじみ感じさせる春だ。花よ競ひ咲け、人よ競つて美しくなれ、鳥よ負けずにきれいな声で鳴け、一年に二度と来ぬ、楽しい此の三月を〉

その翌日には、〈久し振の酒なので酔ふ事甚だしく、いさゝか醜態を演じた感なきにも非ず〉の体たらくである。

三月末には、しだいに落ち込みはじめる。

〈酒飲めど昔日の興おこらず、美給唄へど吾が心更に躍らず、心中深く根ざす虚無観、遂に吾全人生の姿を覆ふか〉

四月になると〈持病のメランコリー再発の兆しあり。世は今春と云ふに心中うつうつとして終日楽しまず〉……勝手に持病にしているのである。

悪くない。まったく、悪くない。

子どもの頃には「お堅い銀行員」というイメージしかなかった田村章の意外な一面を知って、ぼくは嬉しくてしかたない。

＊

今年二月、新潮社から刊行していただいた『ナイフ』という作品集で、故郷・岡山の主催する第十四回坪田譲治文学賞を頂戴した。

授賞式のためにひさしぶりに岡山に赴き、ほんの二時間ほどだったが両親を訪ねた。

田村章の遺した一冊きりの日記帳は、そのときに母に渡された。いままではどんなに頼んでも「これはお母ちゃんの宝じゃけん」と貸してくれなかった母が、息子へのささやかな受賞祝いだったのか、「東京に持って帰れ」と自分から差し出してきたのだった。

ぼくはそれで初めて田村章に会えた。

よく似ているような、ちっとも似ていないような、よくわからない、ただぼくと確かにつながった二十三歳の青年が、布張りの表紙がぼろぼろになった日記帳の中に、いた。

＊

父は、母がぼくに田村章の日記帳を渡したのを見て、ほんの少し寂しそうな顔になった。

父は岡田幸四郎の遺品を持っていない。

「コーシローも、本はぎょうさん読んどったんじゃ。ものを書くんも好きじゃった」

ぼくが小説を書くようになったのは岡田幸四郎の血筋ゆえだと言いたいようだ。

確かに、親戚に訊いてみると、養蚕技師だった岡田幸四郎は、本を読んだりものを書いたりするのが大好きなひとだったらしい。そして、とびきり子煩悩な父親だったという。

父は六人きょうだいの次男だった。きょうだいで一人だけ、山二つ越えたところにある重松家にもらわれていった。

父はいまでも、いや、還暦を過ぎたいまだからこそ、家族と一緒に暮らした日々のことを「貧乏じゃったけど楽しかった」と繰り返しぼくに語る。その頃の思い出をたどっているうちに、声をあげて泣きだしてしまった夜も、何年か前にあった。

岡田幸四郎は昭和二十六年一月十五日に、四十九歳で亡くなった。高校一年生だった父は危篤の知らせを受けて真夜中の峠道を自転車で突っ走ったが、間に合わなかった。

岡田幸四郎は父を養子に出したことを死ぬまで悔やんでいた、と叔母にいつか聞いた。

＊

昭和五年四月十五日、田村章は〈女房を貰つて養ふとすると最少《ママ》限如何の経費を必要とするかは頗る重大なる問題也〉と、結婚後の生活の必要経費を項目別に書き出している。家賃が十二円、薪炭代が二円、水道料金が一円二十銭で電気料金は一円三十銭……といった具合である。〈女房の化粧代壱円五拾銭〉も計上しているあたり、なかなか細かい。〈〆て四拾九円。要するに今の月給では到底養へぬ。本俸五拾五円を要すとして、果して何年後に於て女房が貰へるか〉

その翌々日で、日記は終わっている。

田村章は、肺結核に冒されてしまったのだ。

＊

日記帳の後半は『闘病記録』と題されている。日記というより、診察結果や見舞い品リストなどの覚え書きである。

昭和六年六月に銀行を退職し、以後は故郷での療養生活がつづいた。知人に借りた『肺結核征服記』なる本を一気に読破して、〈得る処頗る大也。肺病は必ず全快するものなり。決して死ぬ病に非ず〉。また、病状が好転した頃には〈申し分なき健康、最早普通人と何等異る処無し〉という一文もある。

昭和十年十一月、結婚。日記にしたためた例の計算が役に立ったかどうかは不明。

昭和十一年十月に、長女——ぼくの母が誕生する。しかし、その時期、田村章はすでに重態に陥っていた。

同年十二月十四日、永眠。

享年三十。満年齢では、まだ二十九歳。

日記帳の最後の数ページは、曾祖母が書いた香典返しのリストになっている。

*

悔しかっただろう、と思う。もっともっと生きていたかっただろう。本を読んだり映画を観たり酒を飲んだりしたかっただろう。

それでも、田村章の悔しさをわかったふりはしたくない。

ただ、感謝する。田村章がこの世に生きて在ったことに。昭和五年の日記を書き残しておいてくれたことに。そして、短かった生涯の最後の最後に、ぼくの母をこの世に遺してくれたことに。

同じ感謝を、岡田幸四郎にも捧げたい。

ぼくはいま、ここにいる。

あなたたちのおかげで、ここにいる。

＊

この四月で、両親と暮らした年月と東京に来てからの年月が、ちょうど半々になった。

お互い家族に恵まれなかった父と母は、二人でつくった家族をなによりも大切にした。おおげさに言えば運命共同体、ぼく自身のリアルな感じ方では小舟に乗り合わせた仲間のように、ぼくは「息子」としての日々を過ごしてきたのだった。

小舟は波にしじゅう揺さぶられ、ときどき浸水もした。誰のせいでもない。不運なことも多かったし、この家族にはきっと、ある種類の強さが欠けていたのだろうとも思う。

ぼくは十八歳のときに小舟から降りた。生活費を自分で稼ぎながら大学生活を送った。一人で生きることで「息子」の立場から逃れたかった。両親は一度も東京には来なかった。たとえ行きたいと言われても断っただろう。その頃のぼくにとって、家族はただわずらわしいだけのものだった。

二十二歳で「夫」になったぼくは、二十三歳でフリーライターになり、「父」になった二十八歳の年に初めての小説を発表した。

意識したわけではない。それが自分の追究する主題だと思ったこともない。

なのに、気がついてみると、家族の小説ばかり書いてきた。

＊

昭和五年の『現代文士録』には載っていない一人の作家がいる。

明治三十五年生まれの岡田幸四郎の一歳下、昭和五年の時点ですでに文壇デビューは果していたが、一家を成したのは戦後なので、おそらく田村章は彼のことを知らないはずだ。岡田幸四郎は、どうだっただろう。その作家が直木賞候補を辞退したのは昭和十八年だから、作品は読んでいなくとも、偏屈な作家がいるということぐらいは知っていたかもしれない。

両親は、もちろん知っている。我が家の小さな書棚には、『樅ノ木は残った』と『さぶ』の文庫本が並んでいた。不幸せなひとを優しく書くから好きだ、と母は言っていた。

その作家、山本周五郎の名前を冠した文学賞を、五月にいただいた。

田村章と、岡田幸四郎と、それから、血のつながっていない孫をずっと可愛がってくれた二人の「おじいちゃん」に、受賞の喜びを捧げたいと思う。（「小説新潮」１９９９・７）

ぼくは昔「ポン」と呼ばれていた

二、三年前から、父がぼくに声をかけるときの呼び方が変わった。「キヨシ」でも「おまえ」でもなく、「あんた」。最初はずいぶん他人行儀だと思い、少し寂しくもなって、もしかしたら小馬鹿にされているんじゃないか、そんなふうにも感じた。

仲良しの父と息子だったとは思わない。断じて。

子どもの頃からしょっちゅう怒鳴られ、何度も頬をぶたれてきた。怖かった。父は運送会社に勤めていた。一度怒ると、トラックの運転手を相手にするときと同じ荒っぽい脅し言葉を小学生の息子にぶつけ、太い腕で胸ぐらをつかむ。「ひとのせいにするな」が口癖だった。トイレにも灰皿を置くほどのヘビースモーカーで、酒が大好きで、釣りに行かない日曜日はたいがい競輪かパチンコに出かけた。ぼくは酔っぱらった父が嫌いで、ギャンブルに行くときの父が嫌いで、父の吸うハイライトやチェリーのにおいが嫌いで……十代の半ば頃は喧嘩の連続だった。

それでも、父がいちばん好きなのは、家族——母とぼくと妹だった。暮らしは決して楽ではなかったのに家族を外食に連れていくのが大好きで、自分は酒しか飲まずにぼくや妹に「もっと食え、なんぼでも食え」と言う。釣った魚をぼくたちに食べさせて「どうじゃ、活きのええ魚は旨かろうが」と自慢するときは、心底嬉しそうだった。運動会や野球部の試合には「来ないでよ」と言っても必ずこっそり顔を出して、ぼくのかけっこや打席を見届けると、黙って帰っていく、そんな父だった。

「キヨシが生まれてから、お父ちゃんは無茶をせんようになった」と母によく言われた。転勤つづきで、家族は運命共同体だという意識が強かったせいもあるだろうし、母の体がそれほど丈夫ではなく、ぼくは吃音、妹も目の手術を二度も受けるなど、わりと〝ワレモノ注意〟系の家族だったせいもあるだろう。そしてなにより、中学生の頃に六人きょうだいの生家から一人だけ重松の家にもらわれていった、その寂しさを、父は家族を不器用に愛することで埋めたかったのだろう、と思う。

ぼくは十五歳の秋に初めて父を殴った。山口県で過ごした高校時代は、家を出ていくことしか考えなかった。少しでも遠くの街へ、父の知らない街へ、一人きりで向かいたかった。東京に行く、と決めた。高校時代から日本育英会の奨学金を受けていたこともあって、浪人は無理だし、学費や仕送りも期待できない。育英会の特別奨学生の予約手続きをとり、国立が第一志望、第二志望は学費免除の奨学金がもらえる早稲田の文学部にした。

母は「キヨシの好きなように生きていきんさい」と言ってくれた。父はなにも言わなかった。本音では賛成などしていないようだったが、「だめだ」とは決して口にしなかった。そして受験の願書を出す間際、不意に「早稲田の教育学部もついでに受けてみい」と言いだしたのだ。

だが、どの模擬試験でも早稲田の文学部は合格確実圏内だったし、一泊千円そこそこのユースホステルとはいえ、滞在が長引けば金もかかるし、受験費用もかかる。煮えきらない返事をするぼくに、父は少し怒った声で「ほんまに東京に行きたいんじゃったら、万が一のことも考えんか」と言った。「ゼニのことは子どもが心配せんでもええんじゃ」とも。

結果は——合格したのは、教育学部だけだった。ぼくは父のおかげで、父から離れることができたのだ。「ありがとう」は言えなかった。上京する日は、父がトイレに入っている隙に家を出た。トイレのドア越しに交わした「行ってくるけん」「おう、まあ、元気でがんばれ」が、〝一つ屋根の下の親子〟時代の最後の会話になった。

大学時代は仕送りを受けずに過ごした。東京で就職することも、結婚も、会社を辞めることも、東京の郊外に家を持つことも、なにひとつ親には相談しなかった。身勝手に生きてきた。ふるさとに背を向け、一歩ずつ遠ざかっていくような、上京以来の日々だった。

だが、もしもきれいごとに聞こえてしまったなら許してほしい、一人でなにかを決断するとき、そこにはいつも、父に愛されているのだという確信があった。怒鳴ったり胸ぐらをつかんだりしても、父は最後の最後には必ずぼくを許してくれる。そう信じていた。言葉にして確かめたりはしなくても、いや、言葉には決してできない、してはならないところで、ぼくは父に甘えきっていたのだった。

父親と母親の愛の違いを問われたら、ぼくならこんなふうに答える。母親は世界中で真っ先に「おまえを愛してる」と言ってくれるひとで、父親は世界中の最後の最後に「おまえを愛してる」と言ってくれるひと。ぼくはそれを、ぼく自身の両親から教わったのだ。

二十八歳のときにぼくは父親になり、父は「おじいちゃん」と呼ばれるようになった。親になってからの日々は、時間が重層的に流れる。小学五年生の長女を見ていると、小学五年生の頃の自分を思いだし、その頃の父のことも思いだす。四歳の次女を見ていると、同じ歳の長女の姿が重なり、長女が四歳だった頃の自分と、その頃の父がよみがえる。四歳だったぼく自身と当時の父は、二度目の登場になる。

少しずつ、昔の父のことがわかってきた。子どもの頃はあれほどおっかなかった太い腕が、じつは決して太くはなかったんだとも気づいた。そして、家族と引き離されて養子に行った父の寂しさと、我が子を手放さざるを得なかった父の実父――ぼくの祖父の寂しさを、ときどき、じっと嚙みしめる。

父がぼくを「あんた」と呼ぶようになった理由は、いまも知らない。数年前に脳梗塞で倒れたせいで言葉が出づらくなり、「キヨシ」より「あんた」のほうが言いやすいから、ということかもしれない。母は「お父ちゃんはキヨシのことを一人前じゃと認めてくれたけん、『あんた』にしたんよ」と言うが、素直にうなずくのは照れくさく、ちょっと悔しい。

子どもの頃、父は上機嫌のときにはぼくを「ポン」と呼んでいた。まだものごころつく前、マッチ棒を口にくわえた父が「ポン！」と言いながらマッチ棒を抜くと、ぼくは大喜びしていたらしい。だから——「ポン」。

そんなふうにぼくを呼ぶのは父だけで、もう父が「ポン」と声をかけてくることはないだろう。

だが、ぼくの胸の奥深くには、だみ声の「ポン」の響きが残っている。それをぼくはなによりの幸せだと思う。

ぼくを「ポン」と呼んでくれたひとは、遠いふるさとで、静かに老いの日々を過ごしている。長生きしてほしい、なんて口に出すのは嫌だから、ぼくは今日も、ありきたりでささやかな父親と家族の物語を紡ぐ。不器用な父親がせいいっぱい家族を思う、その心を愚弄し嘲笑するような物語だけは書くまい、と決めている。

この夏、高校時代からの奨学金の返済が終わった。「どげん苦労してでもええけん、キヨシに仕送りをしてやりたかった」と父がいつかぽつりと言っていた、と母が教えてくれた。

（「プレジデント」2001・9）

後記

ぼくの書くコラムや書評などの文章は、基本的に請負仕事である。新聞や雑誌からの「〜のテーマで」「十五字の十三行で」といった注文に応じて書いてきた。その注文がなかったら文章にするどころか考えることもなかったはずのテーマもあるし、日程や分量の制約にひどく窮屈な思いをさせられたこともある。いわば、〝素〟のままでは使わない筋肉を使って文章を書くようなものだ。

そんな仕事から、心地よい筋肉痛を書き手に残してくれた百編を集めたのが本書である。パソコンのハードディスクに残された原稿ファイルは二百ほどだったので、〝厳選〟と呼ぶにはほど遠いが、少なくとも、ぼく自身の再読時に「締切まで短すぎたから」「行数がもっとあれば……」という類の言い訳が漏れなかったものだけを選んだつもりだ。

本書収録の最も古い文章は一九九一年春に書いたもので、二〇〇一年夏のものが最新。文中の「今年」「何歳」などの箇所には当然ずれがあるが、それを言いだせば全面改稿にすら至りかねないので、あえて初出のままにしておいた。

ニュース記事以外で五百編近くあるはずの無署名および田村章名義の文章からは一編も選ばなかったが、岡田幸四郎名義で発表したものがいくつか含まれていることをお断りしておく。また、特に書評や文庫解説では、一冊の流れにどうしても組み入れることができずにはずした文章も少なからずある。そんな文章の初出時の関係各位、決して他意はありませんので、ご容赦を。さらに、ずぼらな性分のぼくは文章の掲載された新聞や雑誌をいっさい保存していない。そのため初出の日付がほとんどわからないという体たらくである。ひとつひとつ探しだしてくださった朝日新聞社文芸編集部・宇佐美貴子さんに、お詫びとお礼を申し上げたい。

そして、書き手の思惑をはるかに超える素敵な本づくりをしてくださった祖父江慎さんに、心から感謝を。

なお、表題の『セカンド・ライン』は、一義的には「二番目の道」、スラングで「葬式後のドンチャン騒ぎの帰り道」という意味がある。マーチでおなじみのセカンド・ライン・ドラミングも、そのスラングに由来しているらしい。小説がファースト・ラインなら、コラムや書評はセカンド・ライン、そしてスラングの方のニュアンスも行間からじわりとにじんでいるなら、嬉しい。

二〇〇一年九月

重松　清

文庫版のためのあとがき

本書は、二〇〇一年十一月に刊行されたエッセイ集『セカンド・ライン』の文庫版である……と一言でまとめてしまうと、改題や再構成の経緯も含めて、さすがにアンフェアな説明になってしまうだろう（もしも『セカンド・ライン』をお持ちで、まったく別物と思って本書をお買いになった方がいらっしゃったなら、心からお詫びしたい）。

『セカンド・ライン』は、バラエティブックとして完璧な仕上がりだったと自負している。この場合の「本」の「本」とは、いわゆるブツとしての書物のことで、内容は無関係である──と自ら認めるのは、ちょっと悔しいけれど。とにかく、マンガ雑誌のようなザラ紙を何色も使い、本文の組み方やフォントも、明朝体の一段組みからゴシック体の三段組みまで、手間ひまをかけて凝りまくったのが、『セカンド・ライン』だったのである。テリー・ジョンソン（湯村輝彦さん）の絵ゴコロ炸裂、祖父江慎さんのブックデザイン魂爆裂の、なんというか、お祭り騒ぎのような一冊──ぼくは「本」の読み手として『セカンド・ライン』をとても愛しているし、この素敵な「本」の文章担当を自分が務めたということがなにより光栄で、ライター冥利に尽きる誇りをいまも胸に抱いている。

だからこそ、『セカンド・ライン』の文庫化については慎重でありたかった。本の判型、紙質、カバーや表紙のフォーマット……単行本と文庫のさまざまな違いを検討したすえ、『セカンド・ライン』そのままの形での文庫化はおこなわないことにした。百編あった文章を半分近く削り、単行本では連番の数字でしか示さなかった各エッセイのタイトルも新たにつけて、いわば「作家のエッセイ集っぽく」再構成したのが、本書『明日があるさ』なのである。

もちろん、それは決してネガティブな選択ではない。文庫版を編ませてもらえることによって、ぼくが一九九〇年代の終わりから二〇〇一年初夏にかけて書きつづってきた短文の数々は、いま一度、あなたに読んでいただくチャンスを与えられた。単行本刊行から約三年半、この文庫本が「現役」の書物として何年の命をながらえるかは知らないが（長寿であってほしい、と切に願う）、時の流れに押し流されそうになりながらも危なっかしい足元でぎりぎり踏ん張ってくれるはずの、そんな文章だけを選んだつもりである。

文庫化にあたっては、朝日新聞社文芸編集部の矢坂美紀子さんにお世話になった。装丁・装画の峰岸達さん、解説をお寄せいただいた久田恵さん、どうもありがとうございました。そしてなにより、「作家のエッセイ集っぽい」本書をお読みいただいたあなたに、心からの感謝を。これからも「なんちゃって作家」として、あちこちでヒンシュクを買いながら生きていこうと、書いていこうと、思っています。

二〇〇五年三月

重松　清

解説

久田 恵

彼、重松清をはじめて私が見たのは、「家族」をテーマにしたシンポジウムの仕事でのことだった、と思う。

「見た」というのは、はなはだ失礼ではあるけれど、その頃、彼は直木賞を受賞したばかりで、こちらは完全にミーハー気分。「ふーん、彼が重松清か。なるほどねえ」と、ついつい興味津々で「見てしまった」のだった。

その時の印象では、彼は「直木賞作家」という立場には、どうもなじめないなあ、という様子だった。

編集者にあまりに丁重に扱われると、「オイ、オイ、勘弁してよ、そういうの。長年フリーのライター稼業でメシ食ってきたオレの調子が狂っちゃうゼ」、そんなふうだった（あくまでも想像ですけどね）。

こちらは、その様子に親近感を覚えた。

私も、彼ほどには売れっ子ではなかったけれど、フリーのライター稼業でなんとか家族の生活を支えてきた身であったからだ。

私は、主に女性誌で食べていたのだが、ある酒席で編集者に言われたことがあった。

「あなたって、ライターとしては頭が高いから使いにくいけど、原稿がズレないから、頼むとこっちはラクだしねえ」

けなされたんだか、ほめられたんだか。

私は、内心つぶやいた。

「頭が高いって！　これ以上頭を低くしたら、はいつくばるしかないわねえ」

その後、あるノンフィクション賞を受賞したのをきっかけに、私にも署名原稿の依頼がくるようになった。すると、こちらが変わらずにいるつもりでいても「あなたってほんと謙虚で親しみやすい人ねえ」と言われるようになった。

謙虚で親しみやすくみえなかったら、取材などできませぬ、と思うが、このように無署名ライターは、時折「私はゴミかあ？」というような遇され方をし、悲哀を覚えることがあるのである。

が、しかしである。

この「食べていくための」原稿書きまくりの修行は、言うまでもないことではあるけれど書き手の足腰をよく鍛える。

書けようが書けまいが書く、駄目出しされようがされまいが書く、生活のためにいやおうなしに書く、それしか選択肢がないんだからさあ、というこの鍛錬は、言わば原稿書きの筋トレみたいなものだ。

おそらくフリーのライターとしてかなり「頭の高いヤツ」であったろう重松清の書き手としての基礎体力をこの筋トレがとことん高めてきたわけで、彼が、直木賞作家になっても、ライターであり続けようとするのは、そのことをよく知っているからである（ということは皆が言っていることだが）。

本書のエッセイ集を読めばその成果は一目瞭然。

なにしろ最初の一行がうまい。

これは筋トレなくしては、書けない一行だ。手練《てだ》れなのである。脱帽なのである。

しかも、文章のリズム、文体、展開、着地、を一瞬で決めてしまうようなこの一行。

ああーあ、これができると、原稿を書くことに苦しまずにすむだろうなあ、と修行の足りない私などが、ついうらやみたくなる一行なのである。

（本エッセイ集の各原稿の一行目だけを読んでみてもなかなか面白い）

そもそも、重松清もかつてそうであったような無名ライターは、「小説家の〇〇さんが書いた」という理由では読者をひきつけられない。原稿の冒頭の二、三行読んでつまらなければすぐページをとばされてしまうのだから、最初の一行で相手をどうたらしこむか、これがライターの勝負なのである。

世間には小説はいいが、エッセイはあまりにたいくつだね、という作家が少なくないけれど、重松清のエッセイは切れがよく、一行目から最後の行の着地までを一気に読ませる。

しかも、テーマや対象となる読者、掲載される雑誌によって文体も変わるし、読ませ方も変わるので、いろんな楽しみ方ができて、小説とはまた違う格別の面白さがある。

そして、もうひとつ。

ライター・重松清は、書くばかりではなく取材もなかなかの達人なのである。

というのも、私が、二度目に重松清に会った（念のため、今度は見たのではなく会った）のは、彼に取材をされるためだった。

教育雑誌の仕事だった、と思う。

しかも雨の中だった。私は、待ち合わせた駅でほとんど拉致されるがごとく車に乗せられ、世田谷の芦花公園の森で、彼の指示でカメラマンから写真をビシバシ撮られた。

傘を差しての写真、というのは初めてだったが、「面白いじゃないの、そういうの」と彼はこともなげに言うわけで、おそらく、そう言ったとたんに彼には、雑誌のページのレイアウトがイメージされ、原稿の切り口などもたちどころに決まったのであろうと、思われる。

撮影が終わると、今度は京王線の駅近くのファミリーレストランに連れ込まれた。

そして、コーヒーを飲むまもない勢いで機関銃のように質問を浴びせられた。

質問を浴びせられているのだけれど、彼も要所要所、「いやあ、ぼくもそう思うんだけどさあ」とか、あたかも雑談をしているかのごとく、議論をしているかのごとく、絶妙な合いの手を入れるもので、質問されていることをこちらはつい失念してしまうのだった。

限られた時間のなかで、どれほどのことが聞けるか、相手に時計を見る余裕を持たせないのが、取材者のコツ、と言われているが、重松清のペースに私はまんまとハメられた。

なかなかのやり手である。

おまけに手際がいい。

写真撮影から始まって、取材終了まで予定通り。ドンピシャなのだ。

そして、「いや、これから、ガダルカナルに行くんですよー、取材でーす」「えーっ、これから？　大変ですねえ。お気をつけてー」と、お互い語尾を延ばして、フリーライターらしく愛想良く（実際はシャイで、内面はクラーイ場合が多い）あいさつを交わして別れた後、いやあ、やられたなあと思った。

もともと、軽率なたちではあるものの、ついなんでもかんでもしゃべらされて、こちらには、言っていいことか、いけないことかを吟味するゆとりがなかったじゃないの、と思ったのだった。

当然のことながらこのような取材の聞きまくりの成果が彼の小説にあの独特な「時代のラ

イブ感」をにじませているわけだ。

重松清の小説『ナイフ』を読んだ時、小説家なのになぜこんなことを知っているの？　と衝撃を受けたが、彼がフリーのライターをしていると聞いて腑に落ちた。

小説家なのに、とはこれまた妙な言い方だが、彼が題材とする家族や学校の現場は刻一刻と変化していく。そのスピードたるや、おちおち考えているひまもないほどで、親子の関係やら子ども同士の関係の形も数年前の、ああだった、こうだったとの情報や体験では、読者の現実感覚とどんどんズレていってしまう。

書斎にこもる小説家には、重松清のようなライブ感あふれる世界を描くのは至難の業だ。というよりも、重松清のようなタイプの書き手こそが、今、時代から求められているのだろうと思う。

というわけで、彼を「見て」「読んで」「取材されて」の「重松清体験」をそれなりにしてきた私だが、こんな程度ではとてもとても彼の多様さは、とらえきれない。

彼には、今後もさらに取材をしまくって、書きまくって、小説ばかりではなく、エッセイ集もどんどん出して、文章のプロはかくあるべしの芸を見せまくってほしいと思う。

（ひさだ・めぐみ　ノンフィクション作家）

明日《あした》があるさ

朝日文庫

2005年4月30日　第1刷発行
2015年6月10日　第4刷発行

著　者　重松《しげまつ》　清《きよし》

発行者　首藤由之
発行所　朝日新聞出版
〒104-8011　東京都中央区築地5-3-2
電話　03-5541-8832（編集）
03-5540-7793（販売）

印刷製本　凸版印刷株式会社

Published in Japan by Asahi Shimbun Publications Inc.
定価はカバーに表示してあります

ISBN978-4-02-264346-9

浅田　次郎
天国までの百マイル
会社も家族も失った中年男が、病の母を救うため、外科医がいるという病院めざして百マイルを駆ける感動巨編。〔解説・大山勝美〕

浅田　次郎
椿山課長の七日間
突然死した椿山和昭は家族に別れを告げるため、美女の肉体を借りて七日間だけ〝現世〟に舞い戻った！　涙と笑いの感動巨編。〔解説・北上次郎〕

阿部　和重
シンセミア　Ｉ
《伊藤整文学賞・毎日出版文化賞受賞作》
二〇世紀最後の夏、神の町で何が起きたのか？　今、《神町クロニクル》の壮大な幕が開く。デビュー一〇年にして到達した著者最高の傑作長編。

阿部　和重
シンセミア　II
《伊藤整文学賞・毎日出版文化賞受賞作》
自殺、事故死、行方不明と事件が相次ぎ、自然災害が住民を追い詰める。やがて訪れる審判の時とは？〔解説・ジャック・レヴィ〕

阿部　和重
シンセミア　III
《伊藤整文学賞・毎日出版文化賞受賞作》
不穏な事件が相次ぎ、自然災害にも襲われた神町に救いの時は訪れるのか？　文庫オリジナル人物相関図と年表収録。

阿部　和重
シンセミア　IV
《伊藤整文学賞・毎日出版文化賞受賞作》
『ニッポニアニッポン』『グランド・フィナーレ』に連なる《神町クロニクル》は大団円に向け疾走する。〔解説・マイケル・エメリック〕

今野 敏
38口径の告発
「犯人は、警官だ」歌舞伎町で撃たれた男が残した言葉に、動揺する刑事たち。疑惑は新たな事件を生んでゆく。傑作警察ハードボイルド。

今野 敏
聖拳伝説1
覇王降臨
探偵の松永は、政界の黒幕である服部家から奇妙な身辺調査の依頼を受ける。その対象者は、超絶の武術を操る男だった……。〔解説・細谷正充〕

今野 敏
聖拳伝説2
叛徒襲来
首都圏で連続爆破事件が発生した。姿無きテロリストに怯える東京で、超絶の拳法を操る「荒服部の王」片瀬が再び立ち上がる。〔解説・山前 譲〕

今野 敏
聖拳伝説3
荒神激突
日本各地に異変が起こり、テロリストが首相誘拐を宣言。連続する危機に「荒服部の王」は三度立ち上がる。真・格闘冒険活劇三部作、完結編。

今野 敏
TOKAGE《トカゲ》
特殊遊撃捜査隊
大手銀行の行員が誘拐され、身代金一〇億円が要求された。警視庁捜査一課の覆面バイク部隊「トカゲ」が事件に挑む。〔解説・香山二三郎〕

今野 敏
天網《てんもう》
TOKAGE《トカゲ》2 特殊遊撃捜査隊
首都圏の高速バスが次々と強奪される前代未聞の事態が発生。警視庁の特殊捜査部隊が再び招集され、深夜の追跡が始まる。シリーズ第二弾。

浜田 文人
CIRO《サイロ》
内閣情報調査室 香月喬

内閣情報調査室の香月喬が、付き合っている情報屋が惨殺された。彼はスクープ寸前のネタを追っていた。香月は情報屋の死の謎に迫っていくが。

渡辺 淳一
死化粧

「私だけが母の死を信じていた」。母の危篤にうろたえる親族から孤立する医師の心理を描いた表題作他四編。自選短編集第一弾。〔解説・小畑祐三郎〕

久間 十義
生命徴候《バイタルサイン》あり（上）（下）

アメリカで心臓カテーテル技術を学び帰国したシングルマザーの医師・鶴見耀子の半生を通し、医療業界の内幕を描く著者会心の長編医療小説。

青山 真治
エンターテイメント！

人間を「崩壊」へと導くあらゆる現象をクリティカルに撃つ、二一世紀日本を代表する映画作家による、最強のエンターテインメント小説集。

高橋 源一郎
13日間で「名文」を書けるようになる方法

サザエさんになったり詩人になったり幽霊になったりしながら、生徒たちは文章を提出した。タカハシ先生の伝説の名講義。〔解説・加藤典洋〕

荻原 浩
愛しの座敷わらし（上）（下）

家族が一番の宝もの。バラバラだった一家が座敷わらしとの出会いを機に、その絆を取り戻していく、心温まる希望と再生の物語。〔解説・水谷 豊〕